白云苍狗

史遵衡散文集

史遵衡 / 著

山东文艺出版社

目录 Contents

故乡的记忆…1

一生的遗憾…28

洋井黄老头…38

少时的邻居…45

我的师父…91

男旦老商…103

人生恶作剧…114

想念小D…127

我心中的校训…136

「给个县长都不换」…143

暗　算…155

茶　杯…165

乡镇书记老潘…176

当『吃货』遇上新疆烤肉…192

与死神的三次遭遇…201

喀什夏日的黄昏…220

攀登冰峰…230

大老迟走了…241

画家梦…253

发　呆…264

白云苍狗…272

后　记…279

故乡的记忆

我真正的故乡是京杭大运河岸边的一座小城，我祖上几代人都是城里人，我也出生在城里。然而，我却一直把另外一个地方，一个离城四十五里路的偏远的农村小镇视为故乡。镇子的名字叫长沟，朴素而容易让人牢记。镇子由若干个自然村组成，镇上有一处全日制的完全小学，这在当时的农村是很少见的。新中国成立后不久，我的父母就在这个小学里教书，我也跟着他们在这里长大，直到"文革"前夕离开。所以，一提到故乡，我的脑海里就会自然而然地浮现出这个小镇的模样。也因此，我常常怀念这里的一草一木，回忆起儿时的点点滴滴。

葡萄架

那时候，我的父母都是公办教师，属于非农业人口，又是外地人，在这里既没有房子也没有土地，加之学校里也没有充足的宿舍，所以，我们一直是租赁当地群众的房屋居住，而且经常搬家，从一个村搬到另一个村。

我记忆中的第一个住处，在一个叫桥子村的村头，是一处破败的农家小院。说小院破败，是因为它有一面墙塌了个很大的豁口，大人们可以很轻易地跨越出去。墙外是一片绿油油的菜地，再远，便是一眼望不到头的庄稼。据说，这个小院的主人很早就到关外谋生去了，所以，院墙和房屋都年久失修，很有些破败了。然而，那面墙上的豁口，却成了我特别喜爱的所在，每天我都要在那里爬上爬下，乐此不疲。因为我喜欢那费尽了吃奶的力气攀登的感觉，更享受那种骑在墙上居高临下似乎不可一世的快感。然而，每当我爬墙，姥姥都会远远地大声呵斥："裤子，裤子！……小心你的性命根子！"我知道姥姥是心疼母亲一针一线给我缝制的裤子，它早早地就被我磨破了，但她为什么还说要小心性命根子？性命根子是什么？那时的我的确不甚了了。

其实，我最喜欢的还是跳到墙外，到菜园子里去。在我的眼里，这片菜园很大很大，我们家的小院十个也赶不上它大。园子里各种各样的菜都有，一畦一畦的，一片碧绿，一片生机。菜叶底下有时候会蹦出蚂蚱，有时候还会听到蚰子（蝈蝈）的鸣唱。园子的一角，有一架高大的葡萄，茂密的藤蔓编织成一个大大的伞盖，密不透风；有些枝条垂下来，触手可及，但那高悬着的一串串的葡萄无论如何我都是够不着的。葡萄架下是一口井，井台上用石头砌成的井沿已经磨得油光锃亮，井沿的内侧有几道深深的沟豁，大人们说，那是井绳勒磨出的印痕，显示着这口井的年龄。井口上方支着一架"壳捞"，用来汲水浇园。这种汲水的工具在别的地方都叫"辘轳"，不知为什么老家这一带却称其为"壳捞"，后来我想，大概是因为其由井底提（捞）水的尖底铁皮水桶像是壳状的，故而望形生义，称为"壳捞"吧。摇转壳捞的摇把，用那厚铁皮做成的尖底水桶把水汲上来，再倒入一个也是用石头凿成的大水槽，然后让水再沿着窄窄的沟渠流入那一畦一畦的菜地，干这种活儿就叫"打壳捞"。每当夕阳西下的时候，会有一个精壮的汉子来到葡萄架下打壳捞，我们都叫他"二叔"。二叔打壳捞打高兴了就会脱掉褂子露出膀子，一边拧着壳捞摇把，一边喊起嘹亮的号子。这种劳动号子很像我后来熟悉的建筑工地上的夯号，很有节奏，又婉转悠扬，很像唱歌，还能讲述完整的故事。二叔经常唱的就是牛郎织女的故事。那时候，我常常骑在墙头上，痴痴地听二叔喊号，一听就是半天。

夏天的晚上，父亲母亲都到学校里备课去了，姥姥会带着我和弟弟在院子里乘凉。有时候她会指着天上，告诉我们哪是银河，哪是牛郎星，哪是织女星，接着就会讲起那讲了不知多少遍的牛郎织女的故事，但远没有二叔喊壳捞号好听。一天晚上，她又指着天上的星星神神秘秘地念叨了："看，牛郎和织女又走近了！……噢，明天就是七月七了呀，我说呢……"我问七月七又怎么了。姥姥说，七月七就是牛郎织女见面的日子呀！我又问见面又怎么了。姥姥又说，明天所有的喜鹊都会飞到天上去，在银河上面搭起一座鹊桥，牛郎和织女会在桥上见面，待一个晚上。我不相信。姥姥便说，明天晚上在葡萄架下面的井里，就能看到牛郎织女见面的倒影，仔细听还能听到他们说话的声音呢。我听在了心里，没再吱声。

第二天，我留意了一下，果然没见到喜鹊！好不容易等到天黑下来，父亲母亲又到学校备课去了，我便悄悄从墙豁口爬出去，一溜烟跑到葡萄架下，静静地趴在井口上。我努力地往井里张望，但里面一片黑咕隆咚，什么也看不到。我又支棱起耳朵，努力地听，结果哪有什么说话的声音，反倒是听到蚊子嗡嗡嗡的叫声越来越大……还没等我反应过来，额上身上早已被叮咬了好几个疙瘩，奇痒难忍。于是，我只好落荒而逃……

后来，这件事被姥姥和父亲母亲知道了，嘲笑了我很长很长时间，弄得我很是抬不起头来。然而，那架葡萄和架下的那口井却因此深刻地留在了我的记忆里。

骂 瓜

说来奇怪，在桥子村居住的那几年，我常常喜欢听一个女人骂瓜。所谓"骂瓜"，就是大声地数落、咒骂别人偷了东西，因为被偷的东西不是茄子就是黄瓜，所以称之为"骂瓜"。一般是在夏天，隔三岔五那女人就会骂一次。那时的我，觉得她骂得好听，骂得精彩，所以印象深刻。

夏天的黄昏，正是村里最热闹的时刻。

白天，全村里的男女劳力一早就都到坡里干活去了，因为坡离得远，晌午饭也在那里吃，加上孩子们也都上学去了，村里剩不下几个人，所以整个村庄十分安静。那时候人们生活困难，自己吃饭都很成问题，没有谁家会养狗，所以连狗的吠声都听不到，只在晌午顶时偶尔听到有母鸡下蛋发出"咯咯"的鸣叫，而这单调的咯咯的叫声反而显得村子更加寂静……然而，一到黄昏时分，村里会渐渐热闹起来。先是会听到"哞哞"的牛叫声，那是生产队的几头老牛踏着沉重的脚步进村了；继而会听到一头驴"咦儿咦儿"

的嘶鸣声,那是那头大灰驴正在打滚儿,正在抖去一身的疲劳;二叔的壳捞号这时也唱起来了,悠扬而嘹亮;打麦子的场院也喧嚣起来,和我差不多大的一群孩子在几个麦秸垛之间跑来跑去,大声地叫喊着,又不知叫喊的是什么;接着,各家的母亲开始此起彼伏地呼唤自家的孩子,吆喝着让他们回家喝汤(我们家乡称吃晚饭为"喝汤")……就在这个时候,会突然听到一个女人刺耳的叫声,撕锦裂帛一般,压倒了那一切的声音。我知道,骂瓜开始了。

起初,这个女人会大声地数说她家的自留地里又少了几根黄瓜(或者是茄子),声音虽然尖利,但语调还算平缓;接着,她认定是某某坏蛋偷了她家的黄瓜,于是便一口一个"龟孙"、一口一个"孬种",但又不指名道姓地叫骂起来,嗓门也越来越高,语调也愈加地激昂。再接下去,她便开始漫骂那个小偷和他的家人是如何如何的不堪、如何如何的无耻。这是最精彩的部分,也是最吸引我的地方。这时,她的语速开始加快,但听起来又很有节奏,而且每一句似乎还都合辙押韵,朗朗上口,内容更是引人入胜。她先是骂小偷怎样的"头上长疮脚底流脓坏透了",然后骂小偷的祖宗们如何的"黄鼠狼生老鼠,一窝不如一窝",最后会专门骂小偷的母亲。她骂小偷的母亲骂的时间最长,骂得也更加花哨更加绘声绘色。比如,她会骂小偷的母亲如何如何的"浪"、如何如何的"破",在瓜棚里如何如何,在高粱地里如何如何,形象而生动,直白而真切,听了让人浮想联翩,不由得一阵阵脸热心跳。每当这个时候,打壳捞的二叔便不再喊号,摇壳捞把的胳膊也慢了下来,一边听一边笑着骂一声:"奶奶的,这个娘们儿又想男人了。"奇怪的是,这时候我居然也会莫名其妙地兴奋起来,跟着傻乎乎地笑……最后,这个女人会哭,是哭,又似乎是在唱。她哭自己的命苦,哭她的男人死得早,哭她孤儿寡母受人欺负,等等等等。说她好像在唱,是因为她哭得实在是好听。她已不再像刚才叫骂时那样激愤,哭得很从容,是娓娓哭来,每一句都那么抑扬顿挫,婉转而又流畅,每一句最后还都有几个颤音抑或拖腔,每隔几句还会来一个高八度的"嘎调",类似前几年流行的少数民族原生态的那种唱法……总之,听她的哭，感觉不到一丁点儿的悲伤，感到的反而是一种难以名状的快意……最后的最后，会有一个男人断喝："回家去！不嫌丢人现眼？！"二叔告诉我，那是她叔公。

离开桥子村以后，多少年来再也没有听到过骂瓜，类似的叫骂声也没有听到过。但我常常回味起那种骂声，因为它曾经让幼时的我那么兴奋。有一次我甚至想，也许，我性意识的启蒙就是那样开始的呢。

燕青和尚

燕青是个和尚，一个真正的和尚。我第一次见到他是我们家刚刚从桥子村搬到学校里的时候。

我记得是那年天快要冷的时节，小院的主人突然要从关外回来了，我们家只好搬走。因为不能立马租赁到新的房子，学校便腾出一间破旧的小仓库让我们临时居住。小仓库又矮又窄，还有一股发霉的味道，母亲很不喜欢；但我很高兴，因为住在学校里，晚上可以跟着父亲母亲去他们办公室里写作业了，在那里，我可以见到很多很多的老师，听他们讲很多很多令人开心的事情。

　　这是一所颇具规模的完小，一到六年级都有，每个年级都有两三个班，所以老师们也多。一到晚上，老师们便要集中到靠近校门口的那间办公室里集体备课。这是一间很大很大的办公室，能容纳下所有的老师。听父亲讲，学校一进门的这块地方，原本是一座庙，解放后不讲封建迷信了，和尚们都还了俗，这庙便做了学校。后来学校不断扩建，庙里原有的地盘只成了一进校门的这一小部分，而且原来的建筑物都垮的垮了拆的拆了，没了踪影，只留下了一座大殿，这间办公室就是原来的那个大殿。那时的农村没有电，每天天一擦黑，学校里的校工便点起两盏汽灯，将它们吊在大殿的梁上。汽灯哧哧作响，照得满屋通亮。一整个晚上，十几个老师都在那里备课，他们一边备课一边闲聊，海阔天空，无所不讲。这时候的我，会挤在父亲或者母亲的办公桌上看书写字，但大部分时间会仰着脸听老师们聊天。老师们备课聊天，免不了要喝水泡茶，学校里没有茶炉子，就只好提着暖瓶到学校对面的小茶馆里去打开水。茶馆的主人便是燕青。

燕青之所以引起我的兴趣，是因为一位姓陈的男老师偶尔说起燕青原本是个和尚。和尚，在我心目中那是非常神秘的一类人物，就像连环画《西游记》中的唐僧沙僧猪八戒，还有《水浒传》中的鲁智深等等，我还知道其实孙悟空和武松也是和尚，只不过没把头发剃掉而已。在我看来他们个个都非同小可，绝非常人可比。我从未见过真正的和尚，这次一定要瞧个究竟。燕青引起我兴趣的另一个原因，也是更重要的原因，是因为他叫燕青。说实在的，直到现在我也不清楚他的名字究竟是哪两个字，彦青？延青？抑或其他什么清？反正我认定了是燕青，因为那时的我刚刚看完连环画《水浒传》，知道一百单八将中有一位好汉叫燕青。这位燕青是否也和那位燕青一样年轻英俊、武功了得？我要看个究竟。于是，一个晚上，我也提起一只暖瓶，跟着父亲去茶馆里打水。

茶馆是一间低矮的小土屋，记得一进门靠墙便是一排灶口，每一个灶口上都有一只黑黑的铁壶，有的在噗噗地冒汽。小屋最里面的墙角似乎有一张小桌，桌上有一盏忽明忽暗的油灯，模模糊糊中看得见有两个弓着腰的老头坐在桌旁咳嗽。整个小屋十分昏暗，弥漫着浓浓的煤烟味。我们刚一进门，便从昏暗中走出一个人影，整个人也都是昏暗的，穿什么衣裳长什么模样一概看不清楚。只听他有气无力地咕哝着说了声："来了？"算是打了招呼。听声音年龄应该很大了。此人就是燕青？我想。果然，父亲说了声："燕青，这是我的大孩子。"那人又咕哝了一声什么算是回应，顺手接过我们的暖瓶，接着便转过身去，从灶口上提起一把冒着热气的铁壶。他转身虽然缓慢，但昏暗中我仍然没能看清他的脸。然而，铁壶提起的那一刻，炉口通红的火光映亮了半间小屋，也将他的脑袋逆映出一个清晰的轮廓，啊，圆圆的，好像果然是个秃头！只见他提着壶往地上倒一股水，"噗啦"一声响，然后就着灶口的火光，背对着我们将壶里的水徐徐灌入暖瓶。打水的过程很短暂，炉口的火光也很短暂，再加上又只瞧了个后背，所以还是没能看清楚燕青究竟是个什么模样。总的感觉，他跟我心目中的好汉燕青相去十万八千里。我很有些失望。但我决定白天的时候再去茶馆，一定要瞧个清楚。

第二天下午放了学，太阳还老高，我便从家中匆匆提了一只暖瓶，直奔茶馆而去。这一次终于看真切了。燕青，四五十岁的样子，圆圆的脑袋，一头短短的黑发，并没有完全剃光；圆圆的脸庞，没有胡须，鼻子眼睛也没有异样；穿着一件青色的大夹袄，和桥子村里的男人们穿的一样。他依然跟我心目中的好汉燕青的形象相去甚远，却也并非像昨晚我感觉的那样苍老衰弱。他就是一个普普通通的中年男人，普通得不能再普通了。而且，也根本看不出他是个和尚。

当天晚上，一到老师们的办公室，我便冲着那位陈老师说："燕青怎么会是和尚？他和普通人没什么两样啊！"陈老师一愣，歪起头，瞪大了眼睛，好大一会儿才故作神秘地说："一样？一样还能叫和尚？""哪里不一样啊？"我要打破砂锅问（璺）到底。陈老师想了一会儿，煞有介事地举起了一个指头："第一，他头上有几个圆点。"这我知道，这叫戒疤，鲁智深头上也有。燕青的头上有头发盖着，瞧不见，也许有。"那第二呢？"我又问。"第二？"陈老师想了想，又举起了一根指头，"第二，燕青没媳妇儿，和尚是不能娶媳妇儿的，这跟普通人一样吗？"和尚不能娶媳妇儿？我的天！这我可是第一次听说。这怎么可能？！我想也没想立马反驳道："和尚不娶媳妇儿？不娶媳妇儿怎么生小和尚？"陈老师愣住了，愣了好一会儿，继而，突然大笑起来，笑得弯下了腰。所有的老师都笑了，而且是大笑不止，连从没有过笑脸的父亲也忍不住扑哧一声笑了出来。这下，该我愣住了：这有什么可笑的？我很是茫然，也很有些难堪……好大一会儿了，陈老师还在一边摇头一边笑，一边断断续续地说："这孩子……这逻辑……"

当时，我对老师们的大笑很不理解。当然，后来长大了，便完全明白了。

后来的好多年，我好像也再没想起过燕青。可是，后来有一次，偶尔从一本书上读到了鲁迅先生的一句话，竟又记起了那天晚上老师们的笑声，而且清清楚楚，犹在耳旁。当然，也记起了和尚燕青，他那圆圆的脑袋，圆圆的脸庞，和那通体灰暗的身影，竟是那样的清晰，历历在目。

那年，我干泥瓦匠已经很久了。那些日子，我白天在工地上干活，晚上就在家里看书；那时候我是能找到什么书就看什么书，什么书都看，看得很杂；那一天，我正在看鲁迅先生的一本杂文集。说实在的，当时的我读鲁迅先生的文章很是吃力，很多地方看不大懂，只能囫囵吞枣。但我喜欢先生的语言，幽默又有些尖刻。那天读到先生的一篇文章，说他小时候家里人给他认了个和尚作师傅，但和尚师傅竟有老婆，还生了儿子，儿子大了也成了和尚。后来先生长大了，不解，便问师傅：既为和尚，为何会娶老婆。师傅便作"金刚怒目"状，喝道："和尚不娶老婆，小和尚从哪里来？"哈哈，和我当年的那句话竟然一模一样！我不禁掩卷大笑，大笑不止，大笑中我清晰地记起了和尚燕青，记起了陈老师他们……

又过了很多年，我大学毕业也有多年了。一次，同学们聚会，席间有留校任教的同学议论起了学校规章制度的种种不当，说到学校规定申请博士生导师资格者本人也必须是博士学历一条时，我听后竟然脱口而出："这当然不妥，小和尚的爸爸不必是老和尚嘛！"同学们听了哄堂大笑，齐声呼妙。我知道，我不知怎么又想起了燕青和尚，以及长沟完小的那些老师们。

燕青和尚，这个本来和我毫不相干的人，因了一句似是而非的话，竟然让我记忆深刻，几番念想。

割草放羊

在学校里住了不久，我们又搬家了。这次搬到了镇子最北头的一个村，村的名字就叫北头。新的住处也是个破败的院子，院门完全没了，连痕迹也看不到了，只剩下了一间门房。院子不算小，但房屋不多，只有三间堂屋、三间很小的东屋和那间门房。我们家就住在三间小东屋里。据说，这里原本也是一座小庙，曾做过完小的分校，后来完小又扩建了，这里便做了有家室的老师们的宿舍。由于是公产，没有了再次搬家的隐忧，所以我家在这里住的时间最长。

搬到北头后不久，我的小妹妹出生了。那时候正是三年困难时期，妹妹出生以后就一直营养不良，母亲的奶水不够，便给妹妹喂一种叫"代乳粉"的东西，这东西其实就是藕粉，没有什么太多营养，而且很贵，常喝也喝不起。一天，父亲从集上牵回了一只白色的奶羊，就是脖子上垂着两只肉瘤，像两个小铃铛似的那种奶山羊。母亲说这是父亲用他那件压箱子底的小皮袄换来的，他要用这只奶羊的奶水给妹妹补充营养。奶羊身下的那一对大奶子总是鼓鼓的，它奉献给妹妹足够的奶水。然而它却是要吃很多很多的草的，夏秋两季有青草时吃青草，冬天和青黄不接的春季要吃干草，干草是夏秋季割下晒干储存起来的。于是，夏秋两季割草加放羊的任务便很自然地落在了我的身上。

其实，我也已经到了割草放羊的年龄了。那个时候，在农村，八九岁的孩子或多或少都要帮家里干活了，不是拾粪拾柴火，就是割草放羊。而且，我也一直很向往能像其他孩子那样去割草放羊，因为那样我就可以名正言顺地在放学后到田野里去撒欢了，所以我很愉快甚至有些兴奋地承担起了这个任务。

我家屋后是一片洼地，洼地里种满了一人多高的苘，穿过那片苘地，就是老运河的河涯（yié）。从1958年长沟镇的西边开挖了新的京杭大运河以后，这条穿镇而过的老运河便逐渐废弃了，但那个时候河里还有水，只不过不能行船了。河上不远处有一座用几块青石板搭的小桥，沿着小桥走过去，就到了东湖大堤，这里便是我割草放羊加撒欢的乐园。东湖，其实就是著名的北五湖中蜀山湖的南部，因位于镇子的东边，所以长沟人都称之为东湖。蜀山湖是当年白英老人引汶济运时开掘的用以蓄水的"水柜"，挖出的土便筑成了大堤。几百年的时代变迁，沧海变成了桑田，"水柜"早已无水，成了一望无际的耕地，但大堤还在。大堤与老运河并行，堤西是老运河，堤东是东湖，绵延几十里。堤上长满了各种茂盛的野草和一些不知名的灌木，有时，还会从草丛里突然窜出一两只灰色的野兔，让我惊喜不已。每天下午放学以后，我都会牵着羊，背着畚箕子兴冲冲地来到大堤上。我先是把羊放开，任其自由地觅食，然后用一把专用的铲刀开始割草，不大一会儿，我就会把畚箕子装满，然后就可以尽情地玩耍了。

　　我印象中来割草的孩子并不多，但我每天都能遇到一个叫小荣的男孩。小荣比我大一岁，比我高一头，力气也比我大很多。他每天都来得比我早，我来到的时候他那一畚箕子的草都已经装满了。他会把那一畚箕子草先背回去，然后很快回来再割第二畚箕子。有时候一下午他能割三畚箕子草。但他只割草不放羊。我问他割草干啥用，他说是给生产队里割的，沤绿肥用，挣工分。他还说，他早就不上学了，只上到二年级，是他爹不让他上的，他爹让他帮家里干活挣工分。我问他为什么起了个小闺女的名，他露出两颗大大的兔牙笑了，笑得有些扭捏，说他爹说的男孩儿叫女孩儿的名字好养活。别看小荣没上学，但他懂得的事情比我多多了。他能识别所有的野草，能叫出名字，他告诉我一种叫"疙巴根"的草羊最爱吃。他认识所有灌木结出的果子，知道哪种酸哪种甜哪种不能吃。更绝的是他还会用土坷垃焙芋头（地瓜）。有一次，他从生产队的地里偷偷扒出了两块芋头，然后捡来了若干块干透了的土坷垒，垒成底大上小的筒状，又拾了几把干柴放在里面点着，等柴火快烧尽了，把芋头扔进去，再用畚箕子撮些土来，连土坷垃带芋头统统埋起来，然后他又去割草了。等割满一畚箕子草回来，把土扒开，芋头已经熟了，又香又甜！那是我吃过的最好的烤地瓜。

小荣还教会了我吹口哨，就是将两个指头放在嘴里压在舌头上，用力一呼气，便发出一声尖利而悠长的呼啸。这让我兴奋不已，因为每当我吹口哨的时候，都会有一种豪气冲天的感觉。但是，最最使我难忘的是小荣教会了我凫水（游泳）。小荣每次割满第二畚箕子草，就会脱掉衣服，光着屁股，一个猛子扎进河里，好一会儿又冒出头来，猛甩一下头发，水面上便亮起一片闪光的水珠。我现在想起来都觉得那姿态帅极了。当时我很是羡慕。有一次，小荣在河里频频向我招手，我禁不住诱惑，也脱光了衣服，小心翼翼地走向河边，谁知刚一踏进水里，脚下一滑，刺溜一下子便沉入水中，咕咚咕咚就喝了两口水。这时候我感到小荣一把揪住我的头发把我拉起来，我努力站稳，这才发现，水深才刚刚到我的下巴。小荣哈哈大笑，边笑边说："都这样，都这样！喝两回水就会了。"后来，真的又喝了两回水，但不知不觉中，我在水里竟然能够不再沉底了。在小荣的帮助下，我先是学会了踩水，就是左右晃动着身子，直竖在水中，两手不停地划动，两只脚也不停地上下踩动，脚不沾地的那种姿势。小荣说只要会踩水很快就会凫了。果然，我很快就学会趴在水中慢慢地往前游了；又很快，我可以自由自在地在河里畅游了……游泳，一直是我的爱好，也是我几十年来坚持得最好的健身项目，直到现在，我每天还要到游泳馆游上 1500 米。因此我会常常想起小荣，想起我的这个启蒙教练。

我记不起这种快乐的时光究竟持续了多久了，一个夏秋，还是两个夏秋？因为我记不起那只羊在我们家待了多久。反正自从没有了那只羊，我也就不用割草放羊了。自从不再割草放羊，我也就没再到过东湖大堤，也就再没见到过小荣。然而，割草放羊时和小荣共度的那快乐时光，已成为我少年时期珍贵又难忘的记忆。

斗争会

这是我最不愿意回忆的一件往事。然而，越是不愿意回忆，越是常常忆起。

事情发生在我们家离开长沟前的那个冬天，一个月光如水的夜晚。

那时候，长沟镇刚刚建了一所初级中学（时称县六中）。我得益于当小学教师的父母，近水楼台，开蒙早，上学也早，于是便早早考上了这所初中。那时我念初一，正是寒假期间，父亲母亲都到县上集训去了（那些年，好像一到假期老师们便要集训）。那天晌午过后，我的好朋友国清来找我。国清比我大五六岁，高大而健壮，俨然已是大人，但这并没妨碍我们成为好朋友，因为他曾经是我父母最得意的学生，我从很小就跟着他玩耍。当年，他以第一名的成绩考入了县里的第二中学，但由于家庭困难，没能去上，便回生产队参加了劳动。没过几年，他就成为生产队里的骨干，好像那时已经是大队民兵连长或者是团支书了。那天他来找我，是让我帮他写些标语，他一直认为我的毛笔字写得比他好。我问写标语干啥，他说晚上开斗争会用，会还是在我们住的院子里开。我清楚地记得，那个冬天会特别多，三天两头地开，我知道这是因为在搞"四清"。我见到过上面派来的四清工作队，一个个都穿着四个兜的中山装制服，跟当地的人很不一样，很容易认出来。开会一般都是在晚上，大都是在我们院子里开。开会时很热闹，会前大家会相互开着各种各样的玩笑，有的还会打闹在一起；即便是开会中间，工作队干部正讲着话，也还是会有人故意高声说出一两句俏皮话，引起一阵哄堂大笑……这些都让我很开心，所以我很期待在我们院里开会。这次更不一样，是斗争会，斗争会是怎么个开法？我没见过，因而更加地期待。我问国清开会斗谁，他说是斗住在河涯上的×××（因年代久远，确实忘记了姓名，不是故意隐去）。我有些惊讶，因为我虽然没见过此人，但听国清讲过多次，他似乎是国清最为佩服的人。国清还说这人特别能干，干农活一个顶仨，割麦子时单披着褂子也能把别人甩下一个趟子。还说此人特别聪明，会好多种手艺，是远近闻名的厨师，煎炸烹炒样样精通，只用芋头就能做出一席菜，道道不重样。国清还说此人曾经做过大队的会计，后来不干了，到城里去当了厨师，这些年一直在外边，这次是四清工作队把他找回来的。当时我想，这样一个人，为什么要挨斗呢？但我没有问，国清也没有说。

果然，天黑以后，一些人陆陆续续走进了我们的院子。和往常不同的是，并没有人大声打招呼，更没人打闹开玩笑，只是很多人在不停地咳嗽。姥姥早就把屋门从里面闩上了，也不点灯，她是不想让外边的人进来，也不让我出去。我只好趴跪在床头上扒着窗户往外望。院子里洒满了皎洁的月光，让我想起了"月明如昼"这个刚学会的词。我看到院子里的人渐渐围成了一个圈，有的蹲着，有的站着，还有几个把手抄在袖筒里来回溜达。我没有看到国清，也没有听到他的声音。后来，我看到人们围成的圆圈中间站立了一个人，我知道这应该就是×××了。其实，再明亮的月光也赶不上"白昼"，我始终看不清此人的面目，只觉得他身材似乎并不高大，也不魁梧，他似乎很从容地立在那里，没有低头。这时，有人大声招呼着说要开会了。而这时，姥姥却坚决不让我再往外瞧了。我只好脱了衣服躺到被窝里支棱起耳朵听。我先是听到一个外地口音的男人在说着什么，我知道这就是工作队的那个人。国清说过，此人是县里哪个局的干部，转业军人，胶东人，很厉害。他口音很重，说的话我连一半也听不懂，好像是动员大家大胆揭发××

×之类。他呜里哇啦讲了好半天，后来突然不讲了，好像是要让大家讲。然而，很长时间里我并没听到有别人讲话，只听到有人咳嗽，而且咳嗽的人似乎越来越多了。再后来，那个胶东口音又响起来了，呜里哇啦越说越快，我更加听不懂了。这时我的困意也越来越浓了，终于，不知什么时候，我睡着了。不知过了多久，我又突然被惊醒了，听到院子里有两个男人在激烈地争吵，其中一个就是那个胶东人。他们吵的是什么根本听不清楚，于是，不久，我又睡着了……

第二天早晨，我刚一出院子，就看到有几个人呼呼往河涯的方向跑，我一眼看到有国清，就叫住了他，他冲我小声而又急促地说："×××死了，上吊了！"说着摇摇头又快步跑去。死了？×××死了？上吊？！为什么？！好半天我愣在那里。

我记得很清楚，那正是我对死亡这个概念似懂非懂而又苦苦为之思索和倍感恐惧的时期。起因是有一个同学说人死后会有魂魄存在，我不相信，去问父亲。父亲断然地说，不会有，不仅不会有魂魄，什么都不会再有了。我又问什么叫什么都不会再有了。父亲说，就是一切的一切都无影无踪了，连空气都不如；又说了一句，你自己去想想看吧。父亲的话，让我陷入了长久的思索，随之而来的便是深深的恐惧，因为最后我似乎想明白了，人死了，对此人而言，世界上的一切都不存在了。那似乎是一种极端的黑暗，是一种绝对的寂静，是无垠又无物的穹空，是永远探不到底的深渊……那是多么不可想象、多么难以名状，而又多么令人恐惧万分的事情！所以，那个时候，很长一段时间，每当想起死亡这个概念我都会不寒而栗……如今，因为挨斗，×××死了。死了，对他而言，就是一切的一切都没有了！……他的死，让我直接感觉到了死亡的恐怖，让我又一次而且是更加地不寒而栗。

所以，这场斗争会给我留下了极为深刻而痛苦的印象。

几十年了过去了，当年的很多事情早已忘怀，但这件事情在脑海里却始终清晰，就连那晚皎洁的月光都历历在目……

1966年，"文革"前夕，在那次县里教师集训运动中，我的父亲被打成"三反分子"，给送到城北一个农场劳动改造去了。母亲也被从长沟镇完小这个中心学校给调到另一个更为偏远的小学里去了。我也因父亲的问题被六中新来的教导主任告知不能再继续上学了。就这样，我们家被迫离开了长沟，被迫离开了这个养育了我十多年的地方。不久，我就随姥姥回到了我本来的故乡——城里，开始了我在街道上漂泊游荡的一段生活。

我是饱含着深深的屈辱离开长沟的，很久很久我没有再回过长沟。但是，几十年中我常常在梦中回到她的身边。因为这里毕竟是我人生起步的地方。这里有我快乐的童年，我在这里牙牙初语，我在这里蹒跚学步，我在这里背着书包走进学堂。这里有我懵懂的少年，有我许许多多的"第一次"，在这里我开始品尝人生的苦辣和酸甜……没有长沟，哪有我后来的人生？所以，我内心深处一直是把长沟当作故乡的。我想，我会一直把她当作故乡的；而且，我也要让我的孩子知道，长沟就是我的故乡。

一生的遗憾

人的一生中总会有些这样那样的遗憾，有的是些小事，有的会是些大事，但不管大事小事大多会逐渐释怀，只有那些事关人生命运的重大遗憾才会让人终生难忘。可是，在我的记忆里，有一件似乎是无关紧要的小事，几十年来却让我常常自责。

1966年初夏，麦假刚过，在农村小学教书的父亲被打成"三反分子"，给送到农场劳动改造去了。原因是在假期里开展的全县教师集训运动中被人揭发出有反动言论，说他在课堂上讲，白毛女和黄世仁都是塑造出来的艺术形象，不一定真有其人其事，便被认为是"极为反动"。那时的我虽然刚上初一，但对这其中的是非曲直已有自己的判断，我很为父亲感到委屈，还有一些愤怒。然而，我并没有意识到，这件事究竟会给我本人的命运以及我们全家带来什么样的影响，只是从母亲当时那近乎绝望的表情里,感觉到了一种天塌一样的危机。果然很快,灾难降临,首先是我不能继续上学了。开学那天,学校新来的教导主任支支吾吾但又非常明确地告诉我,学校不能要我了。我立刻意识到这是因为父亲的缘故,我委屈极了,继而气愤极了,一句话也没说,头也没回地赌气离开了学校。紧接着,家里的生活一下子拮据起来。父亲去了农场,工资自然没了,同样是小学教师的母亲带着年龄尚小的我们兄妹四人,只靠她三十几块钱的工资,日子实在是难以为继。无奈,母亲只好让我这个兄妹中的老大跟随姥姥回到城里去自谋生路。临行时母亲嘱咐我:你已经长大了,应该自食其力自力更生了……

姥姥是个当了一辈子家庭妇女的小脚老太太,已寡居多年。跟着姥姥生活,倒的确是自食其力,靠一天到晚糊火柴盒为生,每天能挣个两三毛钱。糊火柴盒挣钱少不说,更要命的是日复一日这种单调而又寂寞的生活实在让我难以忍受。我本性贪玩,又正是躁动不羁的年龄,整天满脑子想的是到太阳底下去呼喊去奔跑去撒欢,而现实却让我不得不窝在阴暗的小屋里,从早到晚坐在小板凳上，两手成千上万遍地重复着那几个简单的动作，弄得满手是糨子，又湿又凉又黏（现在想起来心里还腻歪得要命），实在是难耐其苦。于是，我千方百计逃出去找邻居家的小伙伴们玩耍，一玩就是半天。因此和姥姥顶嘴吵闹的事几乎每天都有。其实姥姥也根本管不了我。可是，不糊火柴盒就挣不到钱，没钱就没饭吃，这是硬道理。为了不糊火柴盒又能挣些钱，我曾跟着其他小伙伴们去捡过煤渣，砸过石子，还给人打过草苦子，也都挣钱不多，也都没干多长时间。有一天，我决定跟街北头邻居武家的三哥去拉套子，可这次姥姥说什么也不让我去。

拉套子这种活儿，大概只有我们这个运河边上的小城才有，其他地方少见；而且，也只有在那些年月才有，现在是再也见不到了。所以，即使是这个小城里的人，年龄比我小的一般也不知道拉套子究竟是什么活计了。我们这座小城，曾经是赫赫有名的水路大码头，因为京杭大运河穿城而过，整个城市因运河码头而兴盛繁荣。后来，由于运河水位逐年下降，不能行船了，水路码头的繁华也逐渐衰退。1958年重修大运河，河道改到城西七八里的地方，河道虽然加宽了，但水位还是很低，依然不能行船。水路码头风光不再了，但旱路码头似乎在一夜间形成了，因为铁路修到了这里，而且是终点站，我们这座小城又成了整个鲁西南的货运中心，所有运往西边地区的货物都要先在这里卸下集中，然后再通过公路运走。那时候，公路上几乎见不到汽车，运输各种货物主要靠人力拉的地排车。城西的大运河上横跨一座大桥，这是通往西部地区的唯一通道，是名副其实的交通咽喉，大桥两头都有解放军的岗哨。大桥是高高拱起的，再加上引桥，两边形成了又陡又长的大坡，所有的地排车行到坡前都要停下来，等待别人帮助才能拉上去。于是，拉套子这种活儿便应运而生了。所谓拉套子就是拿一根一头绾个套一头拴个铁钩的绳子，将铁钩挂在地排车一侧，绳套套住小臂把绳背在肩上，这样帮拉车者把车从大坡上拉到桥顶，一趟五分钱，纯粹的力气活。尽管所有的地排车都要靠别人帮忙，但因拉车者大部分都是成群结队结伴而行，可以相互帮忙拉套，所以这种活儿也并不好揽，而且很累，拉上桥顶会出一身大汗。来拉套子的大都是些半大孩子，都是些家里穷，又找不到其他体面的活儿干的孩子。所以即使在那个年代，拉套子也是很被人瞧不起的。街北头武家三哥比我大几岁，比我高一头，拉套子已经有些日子了。看样子这还是比干其他活儿挣钱要多一些，不然三哥不会买得起脚上那双草绿色的胶鞋，那可得好几块钱哪。

姥姥经不住我再三缠磨，加上她知道三哥人老实可靠，跟着他可以放心，终于抹着眼泪答应了。

第一天去拉套子，我兴奋极了，天刚蒙蒙亮就跟三哥走了，一路蹦蹦跳跳。等到了地方才知道这活儿远不像想象的那么简单，光是揽活儿就绝非易事。我年纪小个头儿也小，身边过去的一辆辆地排车连瞅都不瞅我一眼。是啊，谁愿意雇一个小不点儿呢？三哥拉了两趟了，我还在那里瞎转悠。三哥点拨我说，要想揽到活儿就得到别人前面去。于是，我只好走得更远些。过了好久，我好不容易叮上一辆满载草绳的车，拉车的是个老头儿，差不多有六十岁了，瘦而且弱，腰都弯了。他的确需要帮助，我想。老头儿戴一副眼镜，镜框黄不拉几的说不上是什么颜色，整个人看上去怪怪的。他起先根本不搭理我,后来经不住我一直跟着他再三央告,才扭头说了句:"送一趟,拉不?"送一趟,就是要帮他拉到目的地,这可是我没想到的。我忙问:"多远?多少钱?""三十里地,六毛钱,不管饭!"好事呀!我心想,头一天头一趟就挣六毛,用不了几天我也可以买一双绿色的胶鞋了,也省得母亲再赶着给我做布鞋从乡下往城里捎了。而且,车上拉的是草绳,载不重,路也不算太远。我有点喜出望外,毫不犹豫地把绳挂上拉起来就走。

　　帮老头儿把车拉到桥顶,我已经是满身大汗气喘吁吁了。好在下了桥走到平路上就轻松多了。老头儿开始跟我瞎聊,从我家住哪里,家里几口人,父母干什么,到拉套子多久了,等等等等,时断时续,有一搭没一搭。我也是有问有答,如实相告。瞎聊中我知道了老头儿姓许,在东门外的那个草绳场里干活儿,其他没敢多问;但看他身板瘦弱单薄,还戴副眼镜,一点儿也不像个出力人的样子。一路上老头儿叫我"小伙计",我称老头儿"许大爷",我们一老一小逐渐热乎起来。走到中午,来到一个叫新挑河的地方,我们在路边几间小屋前把车停了下来，小屋门框上方的墙上，用红漆写着"工农兵饭店"几个字。我知道是要吃饭了。许大爷擦着汗径直进了饭店，我知趣地没有跟进去，说好的不管饭嘛！我在路边那棵大柳树下的大石头上坐下来，花一分钱从也在大柳树下的茶摊儿上买了碗大碗儿茶，从包里掏出干粮和咸菜。干粮是姥姥专门给我蒸的全麦面的卷子，平时在家吃的都是杂面的；咸菜是自家腌的水萝卜，姥姥知道我爱吃皮，专门一刀刀给我削下来的。我刚咬了一口干粮，许大爷从屋里出来了，走到我跟前一看，说了声："就吃这个？"然后冲屋里喊服务员，说："伙计，把我这小伙计的干粮给烩烩，我结账。"服务员爽快地答应一声拿走了我的干粮。我知道，烩烩，就是把干粮切成小块儿，用各种菜叶加上水热锅一炒，有菜有汤，听说很好吃，但，我没有吃过。不一会儿，服务员端来一大海碗烩馍，腾腾地冒着热气，闻着喷香，我三下五除二就吃了个精光。这顿饭吃得解馋极了，我满足地打着饱嗝。等许大爷吃完饭走出来，我很想表示一下感激的意思，却又不知该怎样说，只是笑着说了句:"大爷,真好吃!"老头儿什么也没说,面无表情地摇了摇头。又拉了一个多钟头,终于到地方了,这是嘉祥县县城的一个机械厂。等卸下草绳往回返的时候,太阳已经快落下去了。回去的路上我是坐在车上让许大爷拉回去的,也许是太累了,我竟睡了一路。许大爷把我送到家时,已经是晚上八九点钟了,姥姥和三哥正着急呢。

拉套子这活儿我三天打鱼两天晒网地干了半年多,却一直没再见到过许大爷。我很想再遇到他,倒也不是想再帮他拉套子,只是一种莫名的想念而已。后来,姥姥托一个远房亲戚给我找了一个在街道建筑队干小工的活儿,从此我没再拉过套子,更也没见过许大爷。在这个建筑队我一干就是十年,直到后来国家恢复高考我考上大学,那时我已经是三级瓦工了。那些年里,我会常常想起许大爷,毫无缘由地想起。当然,还是再也没有见到过他,但他老人家的形象在我脑子里始终那么清晰……没想到的是,上大二的那年寒假,我回家过年,有一天居然遇到了许大爷。然而正是这次偶遇,让我真正体会到了什么是"遗憾",也因此我常常陷入一种深深的自责之中。

那是一个傍晚，天有些冷，街道上行人已经很少，我骑着自行车匆匆而行，走到东门外的大街时，突然看见他了，老远就看到了！还是那样瘦弱而单薄的身躯，还是戴着那副黄不拉几颜色的眼镜，十多年了，他除了显得更老了腰更弯了，其他几乎一点儿变化也没有。我知道不远处就是那个草绳场，难道他老人家还在这里干活儿？……我感到一种冲动，急切地想跳下自行车跟他打招呼。然而，这时脑子里却突然冒出种种的顾虑：他还能认出我吗？认不出来怎么说？认出来又能说什么？拉套子的事情？也许，也许我是认错人了吧……就这样，犹豫之间我没有下车，竟然与他擦肩而过。等我回过头来再张望时，老人已经不见了……

如果说当年拉套子时，我确实是年少不更事，虽然对许大爷心存感激，但毕竟是懵懵懂懂，没有什么特别深切的感觉；但后来随着年龄的增长，阅历的丰富，特别是境遇的改变，我才越发感到那碗烩馍的珍贵和许大爷对我恩情的厚重。所以想再次见到许大爷的期盼的确是与日俱增的。然而,当与老人面对面时,我居然会是这副德行!我不知道该说自己什么才好!我深深地为我灵魂深处的丑陋而羞愧,羞愧得无地自容……

现在,许大爷如果活着,应该一百多岁了,他老人家肯定早已去了天堂。但愿他在天堂腰板儿能直起来,不用再拉车……

洋井黄老头

我的少年时代是在一个大杂院里度过的。那时候,我跟着姥姥生活,住在这个破大院子靠大门口的两间小东屋里。其实,大院并没有门,所谓"大门口"就是一小片空地,所有通向院子深处的那些弯弯曲曲的小道在这里汇集,然后再统一通向街上而已。空地上有一口洋井,就是那种利用压强原理靠人力压动一个杠杆抽水的井。这种简单机械可能也是舶来品吧,所以跟"洋火""洋钉""洋车"一样,人们照例冠以一个"洋"字。那个年代,我们这个小城还没有普及自来水,街坊邻居们全靠到这口洋井上来挑水吃。洋井是政府建的,由政府管理。压水的人也是政府安排的,一般找的都是当地没有工作的生活困难的居民。当时打一挑水二分钱,在井上压一天水可以有不少收入。但是,这是个很不轻松的力气活儿,一般人受不了这种累。

在我们这洋井上压水的是个老头儿，姓黄，没人知道他的名字。黄老头干瘦矮小，秃顶，络腮胡子全白了，看上去是有些老了，但身板儿显得还很硬朗。有人说此人年轻时功夫了得，是每年社火的主角，可以踩着高跷从三张八仙桌子上一个筋斗翻下来。还有人说，当年打日本鬼子时他是运河支队的队员，这更不得了了，运河支队在我们这一带那是赫赫有名，是和铁道游击队齐名的抗日武装，都属于八路军一一五师。不过也有人怀疑：这运河支队的人都当官儿了啊，他怎么会落魄到这种地步？在这里压洋井？

黄老头不是我们这条街上的人，他住在隔我们两条街远的西城墙根底下，那里住的全是比我们破大院子里的人还穷的人，用现在的话说就是脏乱差的棚户区，连我们这些满世界疯跑的孩子们都不肯去那里玩耍。黄老头每天来得很早，风雨无阻，因为邻居们总是习惯早上起来先挑完水再去上班。每天早晨八点以前洋井周围总是会热闹一阵子，打水的人相互大声地打着招呼，弄得扁担水桶叮当乱响；排队接水的空闲里，人们还会七嘴八舌地传递交流着五花八门的种种信息。那时候"文化大革命"已经开展得如火如荼了,各种名目的群众组织正蜂拥而起,形形色色花花绿绿的小报传单满天飞舞,散布着真真假假的各种大道消息和小道消息。人们对各种各样的消息都感到神秘和莫名的兴奋。然而,黄老头并不这样,他是从不跟人打招呼的,也不和人交谈,更不打听事情,只顾低头压水,所以有人背地里叫他哑巴。但是,人们还是挺尊重黄老头的,除了因为他神秘的过去,还因为他为人也大气,从不跟人斤斤计较。有时候有些小气鬼挑了水不想给钱,说声老黄,下次吧;有的甚至连说也不说。而他总是头也不抬,手一挥作罢。

一到中午黄老头就回家了,下午有时来有时不来,不来的时候也不锁井,谁来挑水谁自己压,不用付钱。有人说他不来的时候一定又是去喝酒了。大家都知道黄老头有个毛病,酗酒成性。他是一喝就醉,一醉就会骂人,和不喝酒时完全不一样。但他骂人并不是大声地骂,而是小声嘟囔,所以他骂的是谁,谁也听不清楚,只听见他咬着牙呜里呜噜地骂。有一天傍晚，我老远看见他从街那头过来，肯定是又醉了，手里提溜着个酒瓶子，从路西晃悠到路东，再从路东晃悠到路西，深一脚浅一脚，好像是一边晃悠一边跺脚，一边跺脚一边嘟囔着咒骂，最后，一溜歪斜，终于还是倒在了路沟里。然而，他躺在沟里嘴里还是在呜呜噜噜地骂，也没人敢去扶他……有人说他酗酒是因为他心里有事，也有人说他是借酒浇愁。据说，黄老头家里十分可怜，老伴儿有痨病，常年卧病在床，一个独生女儿还是个傻子，整天在外疯跑。前几年托人把她嫁到离城一百多里地的乡下，可是没多久人家又把她送回来了。不料回来不到半年却生下来一对双胞胎男孩儿，这可喜煞了老两口，把一对双生儿当宝贝养着，不过生活却是越来越艰难了，如果不是街道上给他找了个压洋井的活儿，日子是没法维持下去的。因此，老两口打心眼儿里感谢政府，感谢新社会，所以他们给两个小家伙起名，一个叫"社会"，一个叫"主义"，以表达对社会主义的感恩之情。这一对小家伙我见过，长得一模一样，根本认不出谁是老大谁是老二，只有黄老头分得清。有的下午，黄老头会把两个外孙带来，没人来挑水的时候就逗他俩玩。他最喜欢用满脸的胡楂子去扎两个小家伙娇嫩的脸蛋儿，一边亲还一边嘟囔着笑骂："你奶奶的，你奶奶的……""奶奶的"是我们老家一带老百姓的口头语，类似于万能语助词，可以表达多种情感和意思。高兴了，可以说："奶奶的，真好！"不高兴了，也可以说："奶奶的，糟糕！"可以表示亲切，也可以表示厌恶，当然最多的还是用来骂人。作为姥爷的黄老头用"你奶奶的"来笑骂两个外孙，如此不伦，让人感到特别可笑。但也只有在这种时候，人们才能看到他脸上难得一现的笑容。

那年夏天，街道上也组织起了造反队，要拉黄老头参加，他先是坚决不干，后来经不住造反队老是找他，还说他苦大仇深，他不造反谁造反？无奈，便领回来一个红袖箍。因为天热，黄老头总是光着膀子，红袖箍没法在胳膊上戴，便别在裤腰上，压水的时候一哈腰红袖箍便一呼闪，一下一下，煞是好笑，来挑水的人没有不乐的。

忽然有一天早晨，黄老头没来，来打水的人无奈，只好砸开了锁自己压……整整一天，黄老头都没有来。

　　第二天早晨，黄老头还是没来。快到中午的时候，来了几个戴红袖箍的人，七手八脚地在洋井周围的墙上刷了几张标语，标语上写的是"打倒现行反革命分子黄三元！""打倒历史反革命分子黄三元！""黄三元罪该万死！""黄三元"三个字还打着大大的红叉。这时候人们才突然意识到"黄三元"就是黄老头，黄老头出事了！……还没到傍晚，消息就在打水的人们中间传开了。原来，那天黄老头又喝酒了，一边喝一边照例叫着两个外孙的小名笑骂。谁知那么巧，让街道革命造反队里的一个人看见而且听见了。"怎么？这老东西竟敢骂社会……主义？！"好家伙，不一会儿工夫，还没等黄老头喝醉，来了几个戴红袖箍的造反队员，不由分说就把他五花大绑、绑得跟个粽子似的弄走了……后来，又有消息传来，说黄老头当年根本不是什么运河支队的，是南阳湖里的土匪！打日本鬼子也打共产党！怪不得，这反革命分子既是"现行"的又是"历史"的。还有人说，黄老头被打了个半死，因为造反队的人说他把红袖箍别在裤裆上，是丧心病狂、罪该万死……黄老头的事在打水的人中间传了好一阵子，但都没有说后事究竟如何。

很快，街道上又派来一个压水的，是个人高马大的中年妇女。后来，人们很少再谈论黄老头。

再后来，我们前后街上的邻居们凑份子铺上了自来水管，洋井很快荒废了，黄老头的人和事似乎也从人们的记忆中消失得无影无踪了……我倒是有时还想起他，主要是有时会想起他那一对可爱又可怜的双生小外孙，我很想知道他们长成什么样子了。

少时的邻居

我的少年时期是在小城的西南隅深处一条背街小巷里度过的。小巷不长，不过三百来步，路也不宽，勉强错得过迎面相遇的两辆地排车；路面裸露着黄褐色的泥土，坑坑洼洼，好像从没有人修补平整过，晴天干地时还好，一到下雨天便泥泞不堪，黏泥常常把人的鞋粘掉……然而，小巷虽然偏僻破陋，却是大名鼎鼎，一提"单家胡同"，城里人无人不知无人不晓。原来，很早以前，我们这条街路西从南到北并列着三处深宅大院，每处大院都坐西朝东建有一座高大而富丽堂皇的门楼，院子的主人也都是全城最为显赫的人物。街南首的，人称谢家大院，据说最早的主人是北洋军阀的一个师长，师长并不是本地人，当年在本城驻扎时娶了房姨太太，这是他给姨太太置的一处院子；后来军阀师长撤防了，便将大院转给了一个来这小城开酱园的天津人,至于是师长姓谢还是开酱园的姓谢,便无人知晓了。街北首的人称胡家大院,主人是城北三十里铺的一家大地主,家里挂着千顷牌,乡下本有一处庄园,在城里又建这处院子,纯粹是为了坐享清福,以体验做个城里人的清高。中间的一户姓陈,院子最大最深,有后花园直通后街,是真正的深宅大院,尤其是那门楼,最为高大宏伟,据说门口的那一对石狮子就有一人多高,所以人称陈家大门而不称大院,以区别于其他两家。陈姓主人是个大商人,做的是大买卖,当年全城唯一的一家面粉厂就是他开的,而且北到天津南到徐州都有分号;此人在日伪时期做过商会会长,抗战胜利后就不知了去向,全家人都不知了去向。自从有了路西这三家大院,路东的那些小门小户陆陆续续都相继搬走了,没有人好意思再与这深宅豪门对门而居了,于是这条街竟慢慢成了条半边街,而且原有的街名也渐渐被人遗忘,而逐渐叫响了另一个更为好记的名字——"三家胡同"。鲁西南人"san""shan"不分,后来又以讹传讹,把"三家胡同"叫成了"单家胡同",其实,与单姓人家一点瓜葛也没有……当然，这都是些多少年前的陈谷子烂芝麻旧事了。到姥姥领着我从乡下来到城里，辗转几个住处，最终在这陈家大门内赁到两间小东屋住下时，单家胡同早已没了传说中的辉煌。三家大院全都破败了，残垣破壁随处可见，三座门楼也没了踪影，陈家大门的那对石头狮子也不知了去向，只有谢家大院门里边的影壁还在，依稀显示出当年的堂皇；道路也因常年失修坎坷没了模样。大院的主人当然也早就换了，原来的三家无一例外地已不知所踪，连个后人也没留下。三家所有的房产都归了城建局的房产科，早就分租给了当年那些上无片瓦下无锥地的城市贫民，每个大院都安排进了十几户人家。旧有的房屋之外，原本宽阔的院子里又见缝插针地建了一些新房，红砖红瓦比较规整的那种是房产科建的，而高低不一形状各异都不能称作"屋"的小屋，则是住户们自行搭建的，有的当作厨房，有的储存杂物，也有的住着人……总之，这里成了地地道道的破烂大杂院。这里的住户几乎全都是那些在旧社会里引车卖浆靠出卖劳力维持生计的人们，最早的已在这住了快二十年了。有些老的住户搬走以后，又搬来新的住户，有的房子已换了好几茬人家，但搬来搬去的总还是些最最普通的布衣百姓，除了在这个厂那个厂做工的，就是些木匠、铁匠、泥水匠，还有厨子和拉地排车的之类，有不少根本就没有职业，常年在家靠糊火柴盒为生。我自从跟着姥姥住在这里，就和这些人相邻而居，整整十二年。有人说过，少年时期是人生中最为快乐的阶段，不管你经历的是艰难困苦还是富贵荣华。此话很有道理，现在回想起来，当年的单家胡同，的确曾给我带来无穷的欢乐，而一回想起这些欢乐，眼前就会浮现出那些老邻居们的模样，尽管几十年过去了，但他们的音容笑貌，竟还是那样的真切和亲切。

六　叔

六叔住在谢家大院，比我大十来岁，瘦高个儿，白净脸儿，留着三七开的分头，是个很帅气的年轻人。其实，按年龄我叫他哥也是可以的，但姥姥坚持让我叫他叔，说辈分不能错了，因为他的母亲年龄很大了，跟我姥姥差不多。叫他六叔是因为他行六，他是家里的老小，也是独子，上边五个全是姐姐。邻居们说他的姐姐们长得一个比一个好看，是有名的"五朵金花"。姐姐们早就都出嫁了，而且全都嫁到了外地，但嫁得一个比一个好，姐夫们个个了得。据说，大姐夫是个海军军官，在海南岛，二姐夫在铁路上，三姐夫四姐夫在省城当干部，五姐夫原来也是个军官，陆军，后来转业了，在离我们这儿一百多里的一个县当商业局局长。

邻居们说六叔家过去是赤贫，是吃了上顿没下顿、光腚睡凉席的那种，全家住在城墙根底下的地窝铺里。是新社会让他家彻底翻了身，他家是最早分到房子的那批住户。没人见过六叔的父亲，据说早就殁了。房子是分给六叔的母亲的，老太太当年一个寡妇拉扯着一大群孩子，可怜巴巴，政府便把最好的房子分给了她。说房子好，不仅因为它是谢家大院内保存得最为完好的房子，还因为它是大院中一个独立的小院，是院中院，千金难买。据说，这是那个军阀师长专门为姨太太的父母建的，为的是方便照应而又互不干扰。小院建在大院一进门的右手边影壁墙的后面，也有一个小的门楼坐北向南，门楼依然完整，两扇厚重的门扇和高高的门槛都还是原来的。进门后迎面就是一溜明三暗五的堂屋，左手是两间小西屋，山墙顶着堂屋，正好把堂屋暗的那两间掩挡住。小院不大，但越发显得严紧安全而又安静舒适。眼馋这处小院的大有人在，有人说，城建局的一位科长早就想搬过来了，但一听说六叔的那几位姐夫，便知难而退了。如今，老太太常年轮换着在几个女儿家享福，很少回来，小院便成了六叔一人的天下。六叔在院子的东南角摆了两个"大砂浅"，养了十几条五颜六色的金鱼，有两条还是名贵的"紫龙睛"，是他在铁路上的那个姐夫从苏州给他捎来的；他还在堂屋的东山墙上头钉了几个木箱子，箱子上竖起一杆小红旗，高高地越过了屋脊，箱子里面养的是几尾大鼻子信鸽，一早就飞出去，傍晚再飞回来；小西屋原来是作厨房用的，现在六叔把炉灶挪到了门楼的厦檐下，小屋里面则摆满了大大小小几十个土陶罐罐儿，专门用来斗蛐蛐儿——六叔的好玩是出了名的，所以有的老邻居说，这哪像贫苦人家的子弟，简直就是个少爷！

我跟六叔很快熟起来是因为爱看他下棋。一般是下午三四点钟以后，六叔就会来我们家屋后找那个外号叫"队长"的糙老头子下棋。那时光我家屋后正好是一片阴凉。他一来就大呼小叫："队长队长，出来杀一盘！"我一听见六叔的吆喝，就赶紧糊完手中已刷好糨糊的那批盒料子，跳起来就往外跑，全然不顾姥姥的呵斥。看六叔他们下棋并不是因为我也喜欢下棋，我不关心棋盘上的胜负，也看不大懂马走日象走田那些套路，而主要是看热闹。我喜欢观察六叔下棋时的那副神态表情，那绝对是一种享受。六叔一边下棋一边嘴不闲着，嬉笑怒骂不绝于耳，就像有个相声里面说的那种。他每一步棋走得都很快，每走一步嘴里都会恶狠狠地叫着："拱你一炮！""吃你一马！""将你一军——看你往哪跑！"……而对面那老头却正好相反，从来都是面无表情一声不吭，棋也走得极慢。六叔每走一步好棋，都会让老头低头不语沉默半天，显得越发的垂头丧气。每当这个时候，六叔照例又会吆喝："嗨嗨嗨……象棋还是相面？！""哎哎哎，我睡觉去了啊，睡一觉再来！喊——"每当这个时候，六叔还照例会从口袋里摸索出两支烟来，丢给老头一支，自己点上一支，然后乜斜着眼盯着老头嘿嘿地笑，于是我也莫名其妙地跟着傻笑。有时候他摸索半天摸索不出烟来，便会摸索出两毛钱，丢给我，说一声，"快去！买一包'荆桥'！""荆桥"是鲁西南当地产的一种香烟，一毛九一包，街南头拐过弯去，路南的小卖部有卖……

很快我就跟六叔混得很熟了，整天跟在他屁股后边转。一大早，太阳还没出来的时候，我会跟着六叔去城墙根底下的西大坑捞金鱼虫，网子我扛着，水桶我提着，而六叔则叼着烟卷，双手插在裤兜里，晃着膀子，吹着口哨，还一路不停地跟遇见的邻居们打着招呼。傍晚的时候，我会到六叔的小院里去，帮他给金鱼换水。他让我用一根长长的橡皮管子将砂浅里金鱼拉的屎一点点抽出来，然后将两大桶已经晒了一天的水放在一个高凳上，再用那根橡皮管将新水一点点注入进去，六叔探着头不错眼珠地紧盯着每一条金鱼；六叔不让我将桶里的水直接倒入砂浅，说是怕冲坏了鱼。拾掇完金鱼，鸽子也都飞回来了，六叔便从屋里捧出一捧高粱，撒在院子的地上，这时我没什么事，便出神地看着鸽子们啄食，只见它们从容不迫，头颅一点一点，点一下头便食一粒高粱，项上的羽毛也一闪一闪，闪烁着彩虹般的光亮。从那时起，我就喜欢上了鸽子，因为我觉得鸽子们真的是一种美丽而又品格高贵的生灵，它们进食时都显得那么雍容优雅。秋天很多个晚上，六叔都会带我去西门外城墙根下的乱石岗子逮蛐蛐儿。一开始我是不敢去的，因为我早就听说过那里以前是砍犯人的地方，老人们说，刽子手砍人时都穿着红衣服，不是举着大刀，而是用小臂抵住刀背，对准犯人脖子上的骨缝，用肘部发力，猛地"咔嚓"一下……很多被砍的犯人都被胡乱埋葬在城墙根，没有月亮的晚上，那些无家可归的冤鬼们会出来四处游荡。想想这些都让人毛骨悚然，而六叔却说那里的蛐蛐儿最厉害，还笑话我是胆小鬼，说："哪有什么冤魂？！再说了，我们有大号电棒子，难道怕它？！"六叔说的"电棒子"就是他那个装有四节电池的手电筒，一尺多长，掂在手里沉甸甸的，的确是一件不错的武器。逮蛐蛐儿都是六叔亲自动手，不让我乱动，也不让说话，连大气儿也不让喘一口，怕我将蛐蛐惊跑了，只让我好好拿着那一叠用来装蛐蛐儿的纸筒。纸筒也是六叔亲手叠的，一头封着，一头敞着口。每逮住一只蛐蛐儿，六叔都会小心翼翼地捂在手心里，然后让我递给他一支纸筒，他将纸筒开着口的那一端对准他那只虚握着蛐蛐的拳头的虎口，轻轻地抖动着手指，一下一下，让掌心里的蛐蛐儿自己钻进去……

我们搬到单家胡同的第二年的国庆节，六叔结婚了，他家老太太和他的一个姐姐也回来了。但事先我并不知道，因为头天晚上我俩还去捉蛐蛐儿来着，他并没有告诉我。那天上午，他家放了一挂鞭炮，噼噼啪啪震天响，引得满巷子的邻居都去看新媳妇。我挤进他那个小院时，正看见他和漂亮的新媳妇在冲着一个大镜框里的毛主席像鞠躬。不一会儿他看见了我，便招手让我过去，抓了一大把喜糖塞进我的口袋，接着冲我使劲使了个眼色，我不解其意，接着他又使了一个眼色，我更加地茫然了。谁知，到了晚上，我正在灯下糊盒子，突然听到六叔在窗外喊我，我赶紧出去一看，他手里正拿着他那只大电筒，我知道又要去逮蛐蛐儿，便突然明白了白天他那眼色的意思。我不解地问："你今天不是娶媳妇吗？""娶媳妇怎么了？媳妇跑不了，我是怕昨晚儿咱们听见的那只蛐蛐儿跑喽，那肯定是只大黑头。"那天晚上，果然他把那只蛐蛐儿逮住了，那小东西的确是只体格硕大的黑头，两只焦黄的大牙板呲呲着，时刻准备着决斗，鸣叫的声音也格外洪亮，压倒了所有的蛐蛐。那一刻，六叔的样子真比娶了媳妇还要高兴！

过了很长时间我才知道六叔原来姓陆，知道后我不禁笑出声来：哈，陆，不就是六吗！不仅行六，而且姓陆，真乃妙然天成，叫他六叔真是叫对了。后来我还知道，六叔原来也是当过兵的，但只在部队待了两年就复原了，回来后在派出所当了名"公安"；然而，我却没见他穿过警服，也没怎么见他去上过班。有一次我问他，他却瞪了我一眼，说："上什么班？！你没看见都在武斗吗？"说完又扭着头嘟囔了一句："咦？小孩问这干吗呢。"瞧，他一直拿我当孩子待，其实，如果我还能上学，都该初中毕业了。

后来我去工地干活了，六叔就很少来找我去逮蛐蛐了，我也很少去找他玩儿了，尽管下班后偶尔还会去那个小院看他的金鱼和鸽子。特别是他有了一个儿子以后，我去的次数更是越来越少了。再后来，不知从什么时候起，也不知什么原因，我没再去找过六叔，从此也就没有再见过到他……

队　长

队长，就是常跟六叔下棋的那个糟老头子。邻居们没人称呼他的姓名（好像也没谁知道他姓甚名谁），大人小孩都叫他"队长"。据说，这是因为他长得实在是太像《烈火金刚》中描写的那"猪头小队长"了，一样的五短身材，一样的硕大的脑袋，更像的是噘噘着的大嘴和翻着的厚唇……那几年，小说《烈火金刚》流传甚广，几乎是家喻户晓，不管男女老幼对书中的人物都耳熟能详，所以他这绰号得到大家的一致认可。也许是因他毕竟上了些岁数，快六十岁了吧，所以邻居们也都口下留情，就略去了前面仨字，仅叫他"队长"而已，这样，听起来反倒觉得多了几分亲切。

队长不仅长得糟糕，而且邋遢。他的脸似乎从没认真地洗干净过，眼角总是带着眵目糊，更不要说刮脸了，所以总是胡子拉碴。衣服也从没穿整齐过，夏天总是穿一件狗尿不骚的背心，还时常将背心由下而上卷到胸脯上，露出黑黑的肚皮；冬天时那件油渍麻花的棉袄也从不扣扣，左襟压右襟一掩，外面束一根皮带了事。更糟糕的是他住的那间小屋，那根本不能叫"屋"，说"窝"还差不多，因为它比窝棚强不到哪里去。小屋全是用碎砖头随意垒起来的，墙面鼓肚子洼腰，一看就不是真正的瓦匠砌的，四面墙上一个窗户也没有，只在北面的墙中间开了一扇门，门扇是用破旧的纤维板钉成的，纤维板也不知是从哪里的包装箱上拆下来的，上面还印有黑色油漆喷的数码；小屋实在是太矮了，我当时的个头一伸手就能摸到屋顶，而所谓的屋顶就是胡乱搭着几根树枝和几块木板，上面铺了块油毡，油毡上面又压了些树枝和砖头而已；小屋也实在太小了，里面只有一个用砖圈起来铺着一块垫子的地铺，地铺到门口的距离连一步都不够；屋里始终散发着一股怪怪的味道，说不清是汗臭味还是饭馊了的味道。住在这小屋里，夏天能热死，冬天能冷死，平时能闷死。这小屋当然不会是这个大院原有的建筑，也不会是房产科建的，肯定是后来不知谁临时搭盖的。后来有人告诉我，其实这小屋就是队长自己盖的，他孤身一人在这里住了有好几年了。但是，没人能说清楚他从哪里来的，又为什么在这里搭了这么个"窝"。

  其实，队长算不上是穷人，因为他有正当的工作，他是北门外那个五金厂的正式职工。他每天很早就去上班，天不亮就走，但下班也早，下午三四点钟就回来了，这上的应该是早班，但早班也不该去这么早呀。而且，别人都是早中晚三班轮流倒，每星期轮换一次，而他似乎一年到头都上这种早班，每天都是走得那么早。有人说，他每天去得早是因为厂里要他每天清晨扫大街，厂里的那条大道和厂大门外两旁的街道都要在上班前扫得干干净净，每天他都上这种早班是因为厂里让他每天都要扫大街……这让我很纳闷。后来有一天，我总算弄明白了。

  那天傍晚，一些上正常白班的邻居们陆续下班回家了，六叔也刚又赢了一盘棋，站起来伸了个懒腰，摸出了两支烟，丢给队长一支，自己点上一支，深深地抽了一口，要走了；这时，迎面碰上了我们后院的王二。王二是老王二的二儿子，其实，他是有学名的，叫王红卫，挺响亮的，但邻居们还是都叫他王二，一些老头老太太甚至再加上一个"小"字，直接叫他小王二。王二是六叔从小一块长大的哥们儿，又一块当的兵，现在是国营棉纺厂的一个造反小头头，整天趾高气扬人五人六的，但不知为什么邻居们都讨厌他。王二拉着六叔拐弯来到了我家屋山头上站住，拧着眉毛对六叔说："老六！你怎么能跟他下棋？"六叔慢吞吞地吐出了一口浓浓的烟雾，接着又撮着嘴将烟吹散，装傻卖呆地乜斜着眼问："跟谁？谁呀？怎么了？""跟谁？队长呀！"王二一点也不客气，"怎么了？他是个反革命你知不知道？！""反革命？他？不——是！他怎么会是反革命？"六叔拖着长腔，一副满不在乎的神色。"不是反革命怎么会让他扫大街？他在解放前当过国民党的警察你知不知道！"（啊，原来如此！我心里一惊）王二声色俱厉，虽然压低了声音。六叔又拖开了长腔："知——道——"接着又乜斜了王二一眼，"扫大街怎么了？警察怎么了？再说了，什么狗屁警察？不过是个盐警——"我突然觉得六叔的满不在乎是故意装出来的，他好像是有意蔑视、戏弄王二。"盐警也是警！是国民党的警察就都是反革命，都是专政的对象！""瞎——说——"六叔依然是慢条斯理，但神情开始有些严肃了，他问王二，"你知不知道'公安六条'？""公安……什么六条？"王二发蒙了。"你说你！叫我说你什么好？喊！连'公安六条'都不知道！"轮到六叔教训王二了，"'公安六条'规定了二十一种人是专政对象，可队长这种人不在六条里，他就是个普通的盐警，得是警长才会在六条里！操，连这都不懂，还给我装什么大尾巴狼！去去去。快回家抱孩子去吧……"六叔一边不屑地摆着手，一边扬长而去，剩下王二呆在那里半天没缓过神来。这一幕让我看得痛快极了，我越发地崇拜六叔了，没想到六叔还有这水平！我无意中从墙角伸出头去一看，队长也正在那儿支棱着耳朵听着哪！

这一幕让我记忆犹新是因为那"公安六条"让我记忆犹新。当时，我父亲被打成"三反分子"给送到城北的农场劳动改造去了，为了弄清他究竟算不算是"阶级敌人"，我曾多次专门跑到派出所门口，对着贴在墙上的那一大张白纸黑字的"公安六条"看了一遍又一遍，那"二十一种人"我背都背下来了，可就是没找到"三反分子"这一种。六叔这一说，让我豁然明白了，我父亲根本就不能算是"敌人"，因为他不在"公安六条"里，不是"二十一种人"！队长，也是一样！

第二天下午，六叔照旧来找队长下棋。他俩刚把车马炮在棋盘上摆好，队长突然好像想起了什么，站起身来又钻进他那小屋，出来时手里拿着一包白盒的香烟。他把烟往六叔怀里一丢，讪笑着说了句："嘿嘿，兄弟，抽吧。"咦？这可是太阳打西边出来了，我可是从来没见队长自己有过香烟，他不下棋的时候从来不抽烟，而下棋的时候抽的又都是六叔的，所以从来不会买烟，今儿这是怎么了？六叔接过烟一瞧，乐了："哈，白金鹿！这可是好烟。"我知道白金鹿是青岛产的，三毛九一盒，一盒能买荆桥两盒，小卖部里就有。六叔熟练地用小拇指指甲剔开烟盒的锡纸，小心翼翼地拣出一支，先放在鼻子底下嗅嗅，然后又衔在嘴上熟练地点上，深深地抽了一口，一边吐着烟圈一边称赞："不错不错，还是好烟好吸！好久没吸过这个牌子了。"说完顺手把那盒烟丢还了队长。没想到队长接着又丢还过来，还有些着急似的不停地说："兄弟兄弟，你拿去抽吧……"六叔有点纳闷了，一脸的莫名其妙："你，这是什么个意思？"队长又讪笑起来："没、没啥意思，兄弟……"六叔稍微愣了一愣，好像明白了什么，继而又打起了哈哈，一边摆弄棋子一边说："队长，咱可不能弄这个，哎，我告诉你，你巴结我我也不会手下留情，今儿照样赢你三盘！""嘿嘿嘿……"队长竟挤着带眵目糊的小眼睛笑出了声来。我可从没见队长那样开心过。

　　我实在记不起是什么时候突然发现见不到队长了的，我问邻居们，邻居们也说不清楚队长是什么时候不见的，更说不清楚他去了哪里，就像一开始说不清楚他从哪里来一样。我曾经想向六叔打听，他应该知道的，但那时我已经去工地上班了，很少再跟着六叔玩耍，偶尔去他那个小院看金鱼和鸽子，也从未想起问这事。

二大爷

二大爷就是后院王二王红卫的爹,邻居们私下里叫他老王二,但当面是没人叫的,有的是不好意思,有的是不敢。年龄大点的称他老王,也有叫二哥的,年轻人都叫他二大爷,所以我也跟着叫二大爷。奇怪的是他本人有几次竟坚持让我叫他"二舅",还说:"爷们儿,咱们不外!"我一直很纳闷,这怎么回事呀,哪儿跟哪儿啊?说实在的,一开始我并不喜欢这老头,也许是因为讨厌小王二的缘故?说不清楚。反正我嘴上叫他二大爷,但心里是叫他"老王二"的。我当然不会叫他二舅,那样就好像我们有什么亲戚似的!再说了,那样我跟小王二不就成了表兄弟了吗?!老王二也得有六十岁以上了,因为他看上去比队长还要老一些,牙都快掉光了,不说话时嘴是瘪着的,一开口说话特别是一笑的时候,那张嘴就是个大黑洞,仅剩的两三颗牙齿老长老长地在那里颤抖;但他的身体依然强壮,说话声音底气十足,虽然有些漏风撒气。他的一条腿是瘸的，出来进去地都拄着个拐，夹在腋下的那种。也有人说他的腿根本就不瘸，因为有人看见过，他看没人时就把拐扛在肩上走得飞快……

据说，老王二的瘸腿是工伤所致。他原来是市第三运输公司的职工。这第三运输公司，名字挺好听，其实一辆机动车也没有，全是靠人力地排车拉运货物。这个公司的职工全都是以前拉洋车的，解放以后，没人再坐洋车了，政府为了不让车夫们失业，便把他们组织起来，成立了这个运输公司，照旧还是拉车，只不过把洋车换成了地排车，不再拉人，专门拉货，还是出大力。有一次，在给一个建筑工地拉石头时，一块二百多斤的大石头把他的右腿给砸伤了，"伤筋动骨一百天"，于是他便在床上躺了整整三个月单十天，一天也没少，下床后便拄上了拐，而且拄的是双拐。显而易见地，这不光是车不能拉了，班也不能上了，走路不行了嘛！好在国家的工伤劳保政策很好，可以有一份工资照拿，于是他便长期在家养起了工伤吃起了劳保。后来，他又糊起了洋火盒，用他的话说，在家闲着也是闲着，糊盒子又用不着腿。这样，他便有了两份收入。有人私下说,其实,当时那块石头根本没有二百斤,而且只是把他的大腿给擦去一块皮而已,血是流了不少,但根本没伤筋骨——这家伙太能捣鬼了!但不管怎么说吧,拐,他的确是一直拄着的,尽管后来把双拐换成了单拐。

别看我们家搬来的最晚,但好像老王二跟我们最为熟悉,也最为亲近。他口口声声喊我姥姥作"三婶子",亲切得很,好像真的有亲戚似的;姥姥则直呼他"老二",就好像呼唤自己的晚辈。这可是在我们这个大院乃至整条巷子里绝无仅有,别的人不管男女老少是没人能这样当面叫他"老二"的。姥姥说,几十年前,老王二家跟我们家就是邻居,那时住北门口,都是混穷的。老王二从小就是有名的捣蛋鬼,邻居街坊都叫他"王二捣"。年轻时候的王二拉洋车为生,无冬历夏每天晚上都会在逢春戏院门口等客,而我的姥爷就在那戏园子里卖票检票。一个冬天的晚上下起了鹅毛大雪,王二上身一件夹袄下身仅是一条单裤,冻得把双手抄在袖子里跺着脚在原地直转圈子,我姥爷看见了,二话没说,脱下身上的棉坎肩就扔给了王二。每逢说到这里，姥姥依然是惋惜不止："八成新的坎肩呐！絮的全是新棉花，只穿了一个冬天。"我问姥姥棉坎肩没还回来吗？姥姥说："人家是要还回来的，可你姥爷说送给人家的东西哪能再要回来？嘿，你姥爷那脾气……"噢，怪不得老王二让我叫他二舅！怪不得他对我姥姥总是那么毕恭毕敬！

老王二对我们家好，确实是明显能看得出来的。那时候，每个星期的头一天，是火柴厂收盒子、放料子的日子，地点在北门里的一个破大院子里。每到这一天，糊盒子的家庭都要早早去排号，先把已经糊好的盒子让火柴厂的人验收后交上，然后再把下一批的盒料子领回来。别小看这一交一领简简单单两个环节，对每家糊盒子的来说都是难过的一关。首先运输就是个大问题，糊好的火柴盒虽然分量不重，但几千只盒子按统一的标准排好捆成几捆却是若干个庞大的四方体，搬是搬不过去的，一般要提前几天借好了地排车用车拉过去（也有借不到车抬过去的，但得抬好几趟），而且领回来的料子也需要运回来。再说，盒子验收本身就是一道难过的关口，火柴厂的那几个人极其难缠，简直就是鸡蛋里面挑骨头，一旦让他们发现有糊得不合格的，便整批打回去返工，毫不留情，而且下一批的料子也不给发了，这对哪个糊盒子的家庭来说都是个灾难。那时候，姥姥年纪大，又是小脚，而我怎么说也还是个孩子，所以，这每七天一次的送盒子领料子的活儿对我们这一老一小来说真是天大的负担。幸运的是每当这个时候，老王二就会伸出援助之手。老王二自己就有一辆地排车，虽然和一般的车不一样，车脚的直径特别大，轮胎也特别细（他说这是用他当年的洋车改装的），载重不行，但拉盒子却正好。每到这一天，一大早他就来敲我们家的门，先让我到后院把他那大轱辘车拉来，再帮我把那几大方捆好了的盒子一方方放在车上捆牢，然后他夹着拐走在前面，我拉着车紧随其后，我们俩一老一少一前一后匆匆忙忙便朝火柴厂的收盒点赶去。一路上，他的拐敲打得路面嗒嗒作响，走得飞快，我得一溜小跑才能跟得上。不知道他跟火柴厂的人怎么那么熟，再加上他那支拐左推右挡所向披靡，所以每次我们都不用排号，一路径直过去，随到随交随领；然后，我们很快返回，再把他家的盒子送去把料子领回来，这样总共才用两个多小时，午饭前还能再糊好几百个盒子……对老王二这样的帮助，姥姥也是时刻记在心上。每当我的舅舅来看她给她捎来包茶叶时，姥姥都会分出一半，用原来那张纸重新包得四四方方的，一俟老王二打门口路过，便招呼他进屋："老二，进来！你看，你兄弟昨晚送来包茶叶，说是旗枪，我还没拆包哪，你拿回去尝尝！"一听这个，老王二便笑开了那张黑洞洞的大嘴："嘿！旗枪！有些日子没喝这么好的茶叶了。"接着又故意把身子往外一扭装作要走，"这哪行，这是俺兄弟孝敬您的嘛……"然而还没等姥姥再说什么，他却又麻利地接过茶叶装进了口袋。一看到这一幕我就会偷偷地发笑：这些大人们怎么这么会装呢，跟演戏似的！但是，慢慢地，我确实对老王二有了好感，不大在乎讨厌的小王二那层关系了。

但真正让我对他另眼相看，对他心存感激，让我心悦诚服地喊他"二大爷"的，还是因为他牵头为我们全院做了一件大好事。

那时候，我们那个僻陋的小巷还没有通上电，家家户户点的都是煤油灯。我们家用的是一盏带玻璃罩的煤油灯，图的是糊盒子时亮堂，但再亮堂的罩子灯也没法和电灯相比呀！而且，为这罩子灯，我每天都要雷打不动地完成一个任务，就是晚饭后天黑前要用一张废纸咯吱咯吱地拧擦那被熏黑了的玻璃灯罩子，这活儿特别难干，玻璃罩子细长，手伸进去就很费劲，而且稍一用劲就容易把玻璃罩子弄碎，不用劲又擦不干净，这让我不胜其烦。其实，谢家大院南边的路口上，两年前就已经竖起了电线杆，人家那条东西街上的住户早就点上电灯了。当时据说很快就要把电线引到我们胡同里来，但不知为啥一直没了动静。有一天，老王二风风火火地跑到我们家来了，一进门就对我姥姥嚷嚷着说："三婶子，三婶子，咱把电扯上吧，点上电灯糊盒子多亮堂啊。"接着，他那张漏风撒气的大嘴又嘟嘟嘟不迭声地说了一大通点电灯的好处；还说他已经让二孩子（就是小王二）跟他供电局的战友说好了，把电从街南口通到咱们院里来，公家出人出力架线安装，不要钱，电表也不用花钱，但院内所有的电线瓷葫芦什么的，得咱们自己拿钱；他还说他粗略算了一下，户外的公摊，户内的自理，加起来每户花不了几个钱的。他接着还要说下去，姥姥不耐烦了，说："打住，老二，我听不懂。你去问问其他的邻居，如果大家都安，我没意见。"老王二一听这个，乐了："嘿，还是俺三婶子爽快！行行行，我肯定得一家家地跑呀，但，您老人家必须得没意见呀，您必须得先点头呀，因为您是第一家呀，电线必须得从您家山墙上过呀……"老王二果然一家家跑了一遍，结果跑了个垂头丧气，第二天又来朝着我姥姥诉苦："三婶子您说我这是图个吗嘛！没有一家说明白话的。奶奶的！"姥姥笑而不答。过了一会儿，姥姥给他出主意："老二，你这样，明儿让你侄儿（我知道说的是我）跟着你搭个下手，拿个本本儿，一家一家地把账给人家算清楚，谁家该花多少钱都记下来，然后再弄张大纸写下来贴在墙上，让大伙心里都亮亮堂堂的，你再试试。"还说，"你这个侄儿算术学得好，字也写得好，给你搭下手，没问题！"当时看样子老王二真的是佩服了，冲着姥姥竖起了大拇指："嘿！还是俺三婶子，您老人家还是那么明白！跟年轻的时候一样明白!"当时我也很高兴,这可是姥姥第一次这么器重我。结果很顺利,全院十八户,只有一户不安,其余全都愿意凑钱安电灯。过了没几天,供电局就来了几个身穿工作服、头戴柳条帽、腰系牛皮带的电工,只一天工夫,便把全院的主线给布好了;又用了一天,就把十七家户内的电灯全安装好了。电灯点亮的那一刻,全院都欢呼起来,所有的人都冲老王二竖起了大拇指,老王二那黑洞般的大嘴也笑得合不拢了,那仅剩的几颗大牙也越发的醒目了!是啊,全院的人真的是感谢他呀,为了能让大伙点上电灯,他操了多少心、费了多少唾沫,跑了多少腿啊,何况还是个挂着拐的瘸腿!

我们点上电灯第二年夏天的一天,老王二竟突然死了,死前一点儿征兆也没有。小王二说他爹晚饭时还吃了两大碗面条子,睡觉前还在灯下糊了五百多个盒子,第二天早晨就没再起来,发现时全身已冰凉冰凉的了。小王二还大发感慨:"啧啧啧,没想到吃了一辈子苦,受了一辈子罪,到了,到了临走竟一点儿罪也没受,啧啧啧……"谁也不知道他想说的到底是什么意思。

老王二是火化的，那时候刚刚提倡火葬。火化的头一天，小王二跟他那刚从外地赶来的大哥吵了一架，吵得很凶。他大哥主张给爹买个好点儿的棺木，好好发送发送；而小王二却坚持火化。他冲他哥大喊大叫："我们家是无产阶级，无产阶级就是要破四旧、立四新，移风易俗葬亲人！"嘿，竟然还合辙押韵！

那天上午，我们胡同里开进来一辆带后厢的汽车，停在了大院的门口。小王二和他哥用他爹拉了一辈子的那辆大轱辘车拉出来一个紧紧裹着的被窝卷（我知道里边卷的是老王二），兄弟俩一起将被窝卷装进了汽车后厢那个长长的大铁皮匣子里。邻居们都走了出来，无声地跟在王家兄弟的后面……几个老太太扶着门框张望着、抽泣着，姥姥也站在屋门口不停地用袖头拭着眼泪。就这样，那辆汽车拉着老王二走了，走得无声无息，连个喇叭也没鸣一下……

四姑娘

四姑娘住在后院，住的和我们家一样，也是两间小东屋。说实在的,那时候我始终弄不清楚这个女人究竟有多大岁数。说她老了吧,她的穿着打扮比年轻人还鲜亮,春秋天爱穿件蓝士林的褂子,带大襟从腋下扣扣的那种,紧贴着腰身,不管是从侧面看还是从后面看,都像二三十岁的年轻人,又似乎比年轻人还要好看些;夏天的时候,爱穿件褂头,也是蓝士林的,也是带大襟的,但颜色更浅,应是月白色了,袖儿很短,快到了膀头上,更显得年轻些;即便是寒冬腊月,她也总能穿出些俏皮来,棉袄外边套件对襟的毛衣,不扣扣,能压过那些爱漂亮的年轻姑娘们的风头。但是,有时候我又发现她毕竟不能算年轻了,甚至的确有些老了,因为她一说话特别是一笑时,脸上便会堆满了褶子,而且举手投足都显得缓慢而虚弱。总之,一看到她,我脑子里边就会浮现出小说里常用的那几个字——"徐娘半老,风韵犹存"。

我们这些孩子是不能称呼她"四姑娘"的,都叫她"四姑";一些比我们大得多的年轻人如小王二一辈,也都叫她四姑;年龄再大一些的四五十岁甚至六十岁的那一辈,也不叫她四姑娘,而是称"恁四姑",是从孩子们的角度叫的,透着些刻意的客气或者说是避讳;只有几个年纪特别大的老太太如我姥姥她们,才会叫她四姑娘。然而,只要不是当着她的面,几乎所有的人又都一律称她为"四姑娘"。老王二是唯一虽不到我姥姥那样的年龄和资格,又不会客气地称她"恁四姑"而直呼她"四姑娘"的人。老王二说,他和她年轻时就是老相识(有时又笑称是老相好),不外!我姥姥则鄙夷地撇一下嘴说:老二臭美!其实,那时候,四姑娘也就是常坐王二的洋车而已……

四姑娘搬来的时间并不长,比我们早点有限,她跟除老王二以外的其他邻居们都还不是十分的熟悉和亲近。可能正因如此,她对所有的邻居都彬彬有礼,有时还会表现出有些异乎寻常的热情。比如,不管遇到谁家的小孩,她都会从口袋里掏出些瓜子或者花生之类,无论如何都要塞到手里。邻居们对她也都客气有加,然而我感觉又是那种类似"敬而远之"的客气,比如,邻居们都会很热情地回应她的招呼,但没有一个会招呼她进到屋里坐坐的。我发现四姑娘的神情始终是复杂的，有时候一脸平静却难掩嘴角上的忧伤，有时候目光似水却分明充满了哀怨，并且，她所有的笑容似乎都是装出来的……

四姑娘就是我们院十八户中唯一不愿安电灯的那户。当时老王二多次劝说她，而她翻来覆去就那一句话："我又不糊盒子，不像你们……晚上不干活，点电灯干吗呢？"后来，老王二也不耐烦了，嬉皮笑脸地反唇相讥："对对对，嘻嘻，我知道，知道。再说了，你晚上就是干活，也用不着点灯不是？！嘻——"一听这个，四姑娘马上变了脸，大骂一声："该死的王二坏！"伸手就抓老王二的脸，吓得老王二缩着脖子捂着脑袋夺门而逃……真看不出这纤弱的女人竟有如此泼辣强悍的一面！姥姥悄悄告诉我，四姑娘年轻时是班子里的姑娘——妓女！我听了并没感到惊讶，因为我早就猜想到了！

知道了四姑娘的身世，并没有影响我对她的好感，反而倒是增强了一些。我对她的好感是难以名状的，不知何时而起，也不知因何而生。是因为她穿戴得体，打扮得漂亮耐看？是因为她脸上的神情始终是那样平静如水而又难以捉摸？是因为她在这个大院里是那样的醒目和与众不同？还是因为她跟我在很多小说中读到的那些令人爱怜和同情的女性形象十分地相像？……似乎都有一些关系。而且，那时我初步形成的世界观也让我开始自觉地同情弱者，同情一切饱受苦难的人，而妓女，不是最苦最弱的人吗？不管怎么说，我的确喜欢她。也因此，我喜欢并常常到她家里去玩耍，糊盒子糊得寂寞难耐了就会跳起来就往后院跑。看得出，四姑娘是很欢迎我去的，因为我每次去她都会端出一盘瓜子或者糖果让我吃，每次她还都要和我玩一会儿扑克牌，玩那种两个人的"斗地主"。每次她赢了都会咯咯地笑起来，这种开心的笑可不是装出来的，平时难得一见。有一次我问她扑克牌可以一个人玩吗？她说当然可以呀，还说她平时在家就都是一个人玩，玩"凑对""接七"，还用扑克牌算卦。算卦？我有点奇怪。我问算什么呢，每天都算吗？她说，算"酒色财气"呀，每天都算，因为每天都有"酒色财气"！我再问什么是"酒色财气"，她却说，你还小，不懂。

四姑娘是有丈夫的。她的丈夫姓金，是国营铸造厂的一名翻砂工，每天骑一辆旧的墨绿色自行车上下班。别看那自行车很旧，却令我十分的艳羡。我从商标上认出它是地道的外国货，英国的"三枪"牌，真正的"洋车子"（那时人们都称自行车为"洋车子"，多了一个"子"字便和称为"洋车"的黄包车区别开了）！那时候我正跟着街北头的武三哥学骑自行车，着迷得很，整天梦想着自己也能有一辆车子，哪怕是旧的也好，更不要说是外国的了。老金四十多岁的样子，长得高大而挺拔，显得孔武有力，那辆三枪牌自行车在他胯下显得分外的小巧玲珑。然而，我始终觉得老金并不像是一个粗人，怎么看都不像是一个"翻砂工"，因为我知道翻砂工是工厂里最脏最累的工种，我们街南面不远第二五金厂的翻砂工们下班时都脏得和叫花子一样，而老金却任何时候都是那么整洁，那套洗得发白的蓝色小帆布工作服始终都像是刚刚洗熨好的，穿在他身上竟是那样的整齐合体，不像工装反倒像是制服，甚至像是礼服。打牌的时候我曾专门注意过老金那双大手，指甲修剪得短而整齐，掌纹和指缝里没有一丝的油腻。而且，老金平时的举止也显得文雅而得体，甚至可以说是文质彬彬；他很少与人交谈，但见了谁都会微笑点头；他有些沉默寡言，即便是打牌时也难得出声，哪怕是赢了，也仅是扬扬眉毛抿嘴轻轻一乐而已，绝不会像四姑娘那样咯咯地笑出声来。这让我觉得他很有几分神秘莫测。果然，有一次我偶尔听到老王二跟姥姥说，老金原来是南门外宏顺铁厂的少东家，当年是有名的风流公子哥，解放后公私合营，他家的铁厂并入了国营的铸造厂，他也成了厂里的一名普通工人，一名翻砂工（好工种是轮不到资本家的）。以前，他是四姑娘的常客，两人相好多年。前几年，为了跟四姑娘在一起，他离了婚，撇下了原来的妻小跟四姑娘结了婚，后来就搬到了这里。

在我眼里，四姑娘和老金是令人羡慕的一对。他们的确是十分的般配和恩爱，他们的日子过得也是和谐而宁静，屋里一年到头没有什么大的动静，不像院里的其他邻居，家里总是吵吵嚷嚷，更不像有几家三天两头地生气打架闹乱子，弄得鸡飞狗跳。然而，有一天下午，四姑娘家的安宁突然被打破了，四姑娘屋里突然传出来撕心裂肺的哭闹声！而且，是四姑娘本人的哭叫，哭喊中夹杂着叫骂，声音是那样的尖利那样的刺耳，全院都听到了！那天是个星期天，歇班的人多，几乎所有的人都走到院子里朝着四姑娘的那两间小屋张望，然而并没有人往前凑去。天哪，四姑娘这是怎么了！我想跑过去瞧瞧，但被姥姥厉声喝住。不一会儿，只见老金从屋里走了出来，依然是那么从容，那么温文尔雅，脸上依然挂着浅浅的笑容，只是见了大家不再一一点头，而是旁若无人地轻轻摇着头一路走去。人们一见他出来，也都立马扭头走回自家屋里，并没有人像往常那样跟他招呼。那天，四姑娘的哭闹和叫骂声一直持续到很晚，特别是天黑人静以后，那声音显得越发的凄厉可怖。第二天上午，四姑娘屋里仍传出断断续续的哭声，但声音已经小了很多。中午，姥姥让我端了一大碗茄子面条给四姑娘送去时，她正坐在床沿上吸烟，看得出已经开始平静下来了，但她的嗓子已经哑得说不出话了，两眼也红得像烂桃一般。我始终也没敢问她事情的原委。

到底还是老王二消息灵通，那天傍晚，他鬼鬼祟崇地来到我家，把事情的原委跟姥姥说了个清清楚楚。原来，我们后院那个草绳组（当时居委会在后院那三间破漏得不能住人的大堂屋里安了几架打草绳的机器，组织了个生产自救组，安排了几个困难户打草绳）前些日子来了一个妇女，是后街上的（这女人我注意过的，四十来岁，白白净净的，梳着香蕉攥，看不出是穷人家的女人），这女人会吸烟，因为怕失火不能在堆满稻草的生产现场吸，所以她便会在休息的时候到四姑娘屋里去吸烟聊天。那天正好老金歇班在家，不知怎么让四姑娘看见老金在桌子底下用脚去蹭踩那女人的脚，于是，四姑娘不干了……听到这里，我脑子里突然浮现出刚看过的《武松十回》里写的西门庆和潘金莲的那种场景，顿时感到脸上有些发烧，喘气也有些急促，而姥姥此时却说了句："狗改不了吃屎！"我不由得问姥姥是说谁，因为我没听明白她说的是那女人还是老金，姥姥却狠狠白了我一眼。我立马羞愧了：我这个年龄是本不该知晓这种事情的……

很快，四姑娘家恢复了平静，平静如常。

又很快，四姑娘竟突然决定搬家了！搬家那天，她特意来我家道别，并再三向姥姥道谢。临别时四姑娘把那副扑克牌送给了我。

后来，我听说四姑娘搬到了南郊老洋桥一带，很远。再后来，我到工地上去干活了。有一年，我们的工地就在老洋桥南边，我上下班都要路过那一带，但始终没有遇到过四姑娘。那时候，我已经有了自己的自行车，旧的，有时我会骑着车子在那一带多兜上两圈，然而，还是始终没有遇到过她。

曲　言

曲言四十多岁，也许有五十岁，是个单身汉。他能不能算作邻居，我心里是打过问号的，因为虽然他住在胡家大院一进门的那间门房里，但我敢肯定他和这条巷子里的任何一家没有过任何的交流和来往，跟街坊们没有来往的人能算作邻居吗？而且，我也敢肯定，除了我以外，这条巷子里没有任何人关注过他，更不要说感兴趣了，在邻居们的眼里，他就像是不存在一样，这样的人也能算作邻居吗？

而我很早就注意到他了，我注意他是因为他那奇特的形象。那是在一个冬天，那天，我去找武三哥，正走着，突然看到胡家大院里闪出一个人，那人的形象立马吸引了我：一张消瘦的长方脸，布满了深深的皱纹，鼻翼两旁的法令纹尤其深，像刀刻的一样；浓密的短发蓬松而杂乱，向上挓挲着，浓黑浓黑的；眉毛也是浓黑的；更醒目的是他的上唇居然留着一抹短须，也是浓黑浓黑的；当时他围了一条浅色的围巾，一端垂在胸前一端甩在背后那种围法。这形象立刻让我脑海里闪现出了一个人：鲁迅。太像了！那时候，大街上的各种宣传栏、各种大小报纸传单，经常出现鲁迅先生那著名的木刻肖像。我也曾经在家临摹学画，先生那"横眉冷对"的特征在我脑子里太深刻了。我们这条小巷里居然还有跟鲁迅先生如此相像的人？！我十分的惊讶。然而，倏忽间此人从我身旁飘然而过，等我转过头去想再仔细端详时，只看到了背影，一个瘦削而有些佝偻的背影。

　　我再一次遇到他，隔了很长时间，好像已经是春天了，因为他脖子上已没有了那条围巾。还是在巷子北头，我老远就看到他了，这次我要仔细端详端详。

然而，令我十分失望，他根本就不像鲁迅！虽然那一头浓黑的短发依然是胡乱地向上翘着，眉毛和短须依然是浓黑的，但先生那冷峻的神情在他脸上一点都找不到。先生那目光是多么深邃和犀利，而此人的眼睛竟毫无光彩，显得空洞洞的；先生的每一条皱纹都像刀刻斧凿的一般，饱含着的是激情和坚韧，而他的皱纹显示的是肌肉的松弛和无力。这副面孔怎么能跟鲁迅先生相提并论？然而，在仔细地端详中，我又有了新的发现：此人似乎不太正常，因为他的目光不仅空洞，而且飘忽，始终游离在脚尖的左右，并不向前直视，给人的感觉是他好像一直在低着头寻找着什么，又好像在躲避着什么；走路也奇怪，急急匆匆的，而且紧贴着墙根，并不走路的中央；那张面孔的表情也奇怪得很，分明一直在窃窃发笑，一边笑还一边轻轻摇头——真是个莫名其妙的人！会不会是个疯子，一个精神错乱的疯子？！我问跟他同住一院的武三哥，三哥说："谁知道疯不疯，没人知道！"还说，此人是居委会主任张大娘陪着街道革委会的一个主任和市里的一个什么头头送到这院里来的，还有一个民警跟着，还嘱咐我们院里的邻居们不要打扰他。神神秘秘的！谁知道他究竟是干什么的？！只知道张大娘喊他叫曲言。三哥嘻嘻哈哈没正形地说："谁知道是曲言还是渠岩？也许是屈原？哈哈……"接着又说，他也觉得这人不正常，神经兮兮的，好像是个疯子，但不会是武疯子，因为他不打人骂人，不用怕！噢，原来如此，怪不得他不理别人，别人也不理他。一个疯子，理他做什么，离他远一点就是！我想。于是，很长一段时间我没再关注过他，尽管偶尔还会遇到他，但见了也只当没看见，有时会远远地躲开。

那一年，在工友们的帮助下，我在胡家大院后院一块空地上建了一间小屋。因为我毕竟长大成人了，原来的那两间小东屋太小了，已经容纳不下我，而我也确实需要有自己独立的空间了，何况，我毕竟还是个瓦匠嘛，盖间小屋并不困难。这样，我居然跟曲言成了同院的近邻，想离他远一点都不可能了。

曲言的确是个怪人。我新搬进的这个胡家大院，门楼虽然早就没有了踪影，但门房还在，孤孤零零的一间小屋，屋门冲着院内，曲言就住在里面，全院的人出来进去都要路过他的门口。而曲言的屋门是从来也不关的，白天不关，晚上也不关，冬天的夜晚，也仅是虚掩上而已；这样，出来进去的人任何时候都能将曲言在屋里的一举一动瞧得清清楚楚，而曲言似乎并不在意，这实在是不可思议，不能不引起我的好奇。我发现，曲言在屋里的时候，始终做的其实也就是一件事——摆弄废纸，而且乐此不疲。大部分时间他是在翻弄他从街上捡来的那些废旧的报纸、废旧的传单、废旧的书刊，翻来覆去，一遍又一遍地翻弄；有时候他会躺在床上，手里还是拿着那些废纸，举在脸上，反过来看，正过去看，也不知是在看还是没看，是真看还是假看；还有的时候，他会在屁股底下垫两块砖，趴在床沿上，还是盯着那些废纸看，手里还会拿一支笔，划来划去，也不知他是在写什么还是在画些什么。有一次，我实在抑制不住好奇，想走进他屋里看个究竟。然而，还没等靠近他的小屋，只见他突然扭过头来，面无表情，两眼直勾勾地紧盯着我，盯得我头皮一阵发麻，赶紧逃走了事。有一次，三哥很神秘地告诉我：曲言很阔！很有钱，从不做饭，都是从饭馆里买现成的吃！张大娘每月都会来给他送钱，公家的钱！是国家养着他！我当时听了很是惊讶：竟然还有这种人？不干活不劳动还不愁吃喝，还是公家掏钱！真是奇怪极了，此人究竟是哪路神仙？！

住在胡家大院的那几年里，我几乎每天都会跟曲言打照面，但都是漠然而过，从没有说过一句话。一个疯子嘛！然而，在我离开胡家大院前那一年多的时间里，我居然与他有了两次面对面的交流，真正的相互间的交流。而这两次交流使我深信：此人不疯！

一次是在粉碎"四人帮"后不久的一天。时间我记得很清楚，因为那些日子街上整天敲锣打鼓，到处是游行庆祝的队伍；而我刚刚评上了三级工，那天是我提级涨薪后的第一次发工资，我约了工地上的几位师傅和要好的工友，到大众饭店准备好好撮一顿以示庆祝。那天刚一走进饭店，我就发现最里面靠窗的那张小桌旁，有一个熟悉的面孔，虽然似曾相识，但我一时竟没反应过来是谁。不经意间我已经转过身去，但又觉得这面孔毕竟太熟悉了，便不由得扭过头去再看，这一看让我大吃一惊：竟然是他，曲言！然而，今天的曲言已非往日可比：蓬乱的头发已梳理得整整齐齐，是刚剪过的，好像还吹了风；那抹浓黑的胡须没有了踪影，唇上剃得干干净净（怪不得我一时没认出他来）；整张脸是刚刮过的，滋润而饱满，还泛着红晕；最让人惊讶的是那双眼睛，不再无神，不再空洞，里面竟充满了兴奋和喜悦！显然，他也看到了我。他举起一只手掌向我轻轻摇了摇，那种只转动手腕的摇；头也似乎向我点了点，也是很轻，又似乎没点；但眼睛分明是冲我在微笑……是在招呼我！这神态哪还有一点往常的那种麻木迟钝和呆傻？反倒显示出几分机敏几分文雅，还有几分矜持和深沉！我正要向他走去，他突然把一只食指放在唇上，扬起了眉毛，目光虽然斜向了别处，但面孔分明是冲我轻轻摇起了头，而他的眉眼仍然在笑，是那种会意的微笑。我明白了他的意思，只好止步。我的目光也斜向了他面前的方桌：四盘菜肴，两荤两素，其中一盘是这家饭店的招牌菜红烧鲤鱼，一瓶兰陵大曲喝得只剩下了半瓶，这可是那年头市面上能买得到的最好的酒啊……

　　这次偶遇，我俩虽然依然是相互没有说话，但分明进行了交流，而且是那种明白无误的心领神会的交流！这交流让我惊讶不已：这个曲言，究竟是何方神圣？一点也看不出疯癫嘛！而且，是什么事情让他修饰得那么整齐，使他那样的神采焕发？他还要了那么多那么好的菜，喝那么好的酒？！我百思不得其解。

第二天再见到曲言时，他似乎又恢复了常态，胡须虽然没有了，但头发一如往常地又乱蓬蓬的了，见了我也依然是视如不见，更不理睬，昨日的事如同没发生过一样……真是个怪人，怪之又怪的怪人！

第二次交流，是名副其实的交流了，因为我们相互说了话，有问有答，而且是他先开的口。那是我考上大学准备离家的前一天，离上一次饭店的偶遇已过去一年多了。那天，我像往常一样路过他的门口，他依然蹲在屋里翻弄他的那些废纸。突然，他哎了一声，面对我站起身来。显然是在招呼我，我便停下了脚步。他的眼里又焕发出了神采，仔细地端详着我，缓慢而又清晰地说了声："老弟……"老弟？没人这样称呼过我，能称呼我老弟的都是直呼我的名字，没谁对我如此的客气过，我有点受宠若惊。他笑着问：

"老弟，考上大学了？"声音虽然不高，但清晰而且肯定。这事他竟也知道？尽管当时我这个泥瓦匠考上大学的事情成为一时的新闻，已传播得满城纷纷扬扬，但曲言能关心到这事，还是让我大吃一惊：他毕竟似乎是个与世隔绝而又精神不太正常的怪人嘛。我如实做了回答。他继而又问："山大？中文系？"这更令我吃惊了：他了解得竟如此具体而准确，表达中还透着几分专业！没等我回答，他又冲我竖起了大拇指，连连说："难得难得……"继而又若有所思，好像是自言自语，"幸甚幸甚！前途有待，未来可期，未来可期……"说着，便又自顾自蹲下翻弄那些废纸了。我惊讶得呆住了，竟不知如何应对：这是他说出的话吗？言简意赅而又似乎含着某些深意。这是说我吗？是，又好像不是！这是一个疯人说的话吗？不要说疯人，一般人也不会有如此高的语言水平的呀！这究竟是个什么样的人哪？！曲言勾起了我极大的兴趣，我很想找时间跟他再聊一次，再深聊一次，不怕他冷漠得拒人于千里之外。然而，当时我的行期实在是太近迫了，隔天我便离开家去省城了，终于没能去找曲言。

那年寒假，回到胡家大院我首先想到的就是去看看曲言，然而，那间门房从未关过的门却关上了，还上了锁。三哥告诉我，曲言离开了，是被人接走的，是在我走后不久，大院门口停下了一辆吉普车，车上下来两个干部模样的人，恭恭敬敬地把曲言接到车上，然后走了。他说张大娘说，是上边来人把曲言接走的。至于为什么接走，接走又干什么去了，张大娘则说不清楚了，只是不停地说，她从一开始就觉得曲言不是个凡人！

我的师父

我的师父姓程。从十五岁开始，我就跟着师父学习泥瓦匠手艺。到我离开工地、离开家乡去省城上大学时，十年的时间里他已经把我培养成一名三级瓦工和工地施工员了。上学期间和毕业后不久的那些年，我一直和师父保持着密切的联系，每年回老家总要去看望他。后来，由于工作多地变动、远离家乡，有几年还去了边疆，以及一些自己也说不清的其他原因，看望师父的次数竟越来越少了，虽然还有电话联系，有时师父也让我帮他办些事情，但毕竟很少再见面。现在想来，差不多有近十年没有见到他。如今，我也退休了，对师父的思念竟多了起来，最近这些日子，这种思念竟与日俱增，竟使我有了一种恨不得立马赶回老家即刻见到他的冲动。于是，我跟当年工地上的好友老郑约好，在腊月二十三小年这天我赶回家乡，让他陪我去看望师父。

　　我一直自认为是比较彻底的无神论者，从不相信神灵之类的存在，也不相信什么心灵感应之类的奇谈怪论，但这一次去看望师父时，我却深深地惊诧了。那天下午，刚一进师父宿舍的那个院子，迎面竟是一座灵棚，上悬几个黑色大字"程老先生千古"。哎呀，我的心猛然一沉：是师父吗？竟在今天！……果然，师母告诉我，师父是当天早晨走的，这几年他一直忍受着糖尿病的折磨。师母对我说，肯定是你师父冥冥中叫你来的，肯定是他想你了，不然怎么这么巧？你事先并不知道呀！是啊，是啊，实在是太不可思议了！也许，"心有灵犀"真的存在？毕竟，我和师父的关系，我们师徒间的感情，非一般人可比……

　　师父收我当徒弟是在那动乱的年月。那时我到我们那个小小的街道建筑队干小工差不多有半年了。当时，到处都在轰轰烈烈地闹"文化大革命"，而我们这个建筑队却一天也没有停工。没有"停产闹革命"，是因为我们是街道居民生产自救性质的组织，所有的人员都不是吃皇粮的国家正式职工，一天不干就一天挣不到钱，没有人愿意饿着肚子去"闹革命"。况且，我们根本就不能算是个正式的单位，一伙"乌合之众"而已，也没谁管理我们，更没有谁来带领我们"闹革命"。所以，尽管外边一会儿造反一会儿夺权，一会儿文斗一会儿武斗，我们却一天也没有耽误了干活儿挣钱。那时候，我也是年少不更事，不知愁滋味，虽然这建筑小工的活儿是重体力劳动，我人小力薄干得很有些吃力，但能和工地上这么多人在一起，整天热热闹闹，却也并没有觉得多么苦多么累。反而觉得，这工地就像个大家庭，所有的人几乎都可以做我的长辈，他们处处呵护着我，关照着我，让我这个长年累月见不到父母的半大孩子切切实实感觉到了一种家的温暖。所以，我竟有了一种如鱼得水般的快乐。也许是人一快乐就肯干，没几个月大家就对我的勤快能干赞扬有加，说我干活儿不惜力气。一天傍晚收工的时候，师父叫住我，让我晚上到他家去一趟。我有些茫然，但很高兴，因为师父是我当时崇拜的偶像，能到他家去，我很有些受宠若惊，但不知他找我干什么。师父家离我家并不远，绕过一条街再绕一条街就到了。那天晚上，师父连续问了我几个问题：你还想继续上学吗？还有可能到国营或者集体的工厂当正式的工人吗？还有希望参军当兵吗？还要去上山下乡吗？……其实，他这是明知故问，我这个家庭成分不好，父亲又在农场劳动改造的双料"狗崽子"，怎么敢想上学参军当国家正式职工那些好事！再说，想也得不到嘛！至于上山下乡，我是前不久才离开母亲，刚从乡下回到城里的呀。我记得很清楚，当时师父抽着烟半天没有说话，过了好一阵子才缓缓地对我说："既然如此，你就跟我学活儿吧。泥瓦活儿也是一门技术，人生在世总要凭本事立身，凭技术吃饭，总要会一门手艺的。你要是愿意，我就教你。"我当然愿意！我想都没想就高兴地回答了。要知道，师父在当时我们那个建筑圈子里是赫赫有名的技术大拿，能做他的徒弟，那是求之不得的事情。况且，我也没有其他门路可走，不干这，还能干什么？虽然当时我没有想很多，答应下来似乎是一种本能的决定。但若干年以后我才意识到，而且是深深地意识到，当年能有这样一次机遇，能跟上这样一位师父，的确是我一生中莫大的幸运。

师父当年也就是三十岁多一点的样子，但已经是五级工了。师父长得高大、魁梧，国字脸，浓浓的剑眉下一双大眼炯炯有神，像极了老一代的电影明星中叔皇。我没有打听过师父的身世，但后来得知，他也是因为家庭出身不好，在那个以阶级成分划线，以家庭出身论贵贱高低的年代，初中毕业后不能继续升学，又找不到正式工作单位，于是便早早学了瓦匠。师父的师父更是大名鼎鼎，是国营建筑三公司的七级瓦工，参加过人民大会堂的会战，在我们这个城市的建筑行业里，很多有名的瓦匠都是他的徒弟，我师父是其中的佼佼者。当泥瓦匠也和七十二行的其他行当一样，是十分讲究门户师承的，跟上这样的师父学艺，不愁学不出名堂。当然，跟这样的师父学艺，要遵守的规矩也是很多的，而且很严。

没想到的是，师父给我立的第一条规矩，竟然是不许我晚上出去到处乱跑。这算是什么规矩呀？这跟学技术有什么关系呀？我当时很不理解。后来我意识到，这条规矩对当时的我是很有些针对性的。那时候，整个社会乱了套，除了一些"四类分子"受管制以外，其他人谁也不管谁，谁也管不了谁，谁想干吗就干吗。我们这些精力过剩的半大孩子们，更是像脱了缰的野马，满世界乱闯。特别是一到晚上，那时又没有电视可看，也没有其他娱乐活动，我们便成群结队满大街晃荡。我生性顽皮，别看当时年纪尚小，身子骨也没怎么长成，却整天觉得浑身有使不完的力量，总想找地方发泄一番，因而惹是生非甚至打架斗殴的事情是少不了的。师父严厉而明确地对我说，晚上没事不许出门，可以在家看书，也可以到他家去玩，但不许出去。看书，当然好，我很喜欢看书，我也已经读了好多的书，《苦菜花》《林海雪原》《三家巷》《苦斗》等等那些小说我都读过了，甚至像《钢铁是怎样炼成的》《复活》《红与黑》等等那些翻译过来的外国小说我也读了不少，更不要说《水浒传》《三国演义》什么的了。那时我在床头上悬了一盏灯泡，很多书我都是躺在被窝里就着灯光读完的。但是，当时能寻到的书毕竟有限，大多数的时间是无书可看的。没书看的晚上不能出去乱闯，于是我只好到师父家里去。师父的家十分温馨，我很喜欢去。师母话语不多，非常和蔼，两间不大的小屋让她收拾得整洁而舒适。师父的女儿那时两三岁的样子，胖嘟嘟的，特别可爱，后来师父又有了个儿子，一家四口其乐融融。夏天的晚上，师父会在院子里摆一张小桌，沏一壶茶，有时高兴了会拉起二胡，常拉的曲子是《江河水》，拉得呜呜咽咽。冬天的晚上，师父会把屋里带烟囱的煤炭炉子烧得通红，整个房间暖融融的。其实，晚上的时间师父很少跟我谈技术上的事，基本上都是海阔天空漫无边际地穷聊。多年后我常想，当时师父不让我晚上出去乱跑，可能主要是怕我出去惹是生非，也许并没有什么深刻的用意。然而在客观上，这种长期的约束，使我逐渐远离了那些不良的社会习气，逐步养成了自爱自律自强的意识，从而才使我能够在那个动荡的年代、那种混乱的社会环境里没有自暴自弃自甘堕落。否则，我是不可能有后来的进步的。

　　师父教我技术都是在工地上，并给我立了很多很多的规矩。砌墙有砌墙的规矩，抹灰有抹灰的规矩。规矩都是硬性的，只能这样，不能那样；规矩也都是有硬性指标的，必须达到，不能马虎。然而，在所有的硬指标之上，师父还有一个要求，就是干活儿要漂亮。漂亮，是难以用指标来衡量的，所以更难把握，也更难达到。然而，师父本身就是极好的榜样，他以身作则诠释着什么叫"漂亮"。师父砌的清水墙，砂浆饱满、横平竖直不说，关键是墙面整洁美观，砌完以后，下脚手架一看，每一块砖每一条缝都像描画上去的一样，整整齐齐、清清爽爽，绝没有四处乱溅的灰痕，让人看着那么舒服；师父抹灰，墙面抹得平整如镜不说，主要是他那抹灰的姿势好看，只见他每一板灰都是由左到右水平推拉，一板接一板由上而下，一下一下那么富有节奏，魁梧的身躯紧绷而有弹性，有力而又灵活，好像不是在干活儿，而是在起舞。据说，这是得的他的七级工师父的真传。师父干活儿漂亮还有一绝妙之处，就是不管是砌墙还是抹灰，活儿干完了身上却溅不上一点灰浆，这绝非一般人所能做到。师父常说，一个弄得浑身是灰的人，活儿是不可能干得漂亮的。师父这话是很有道理的，对我影响很深。很多年以后我在县里工作时，有一次研究干部，要选一个城建局局长，除了德才条件以外，我还专门提出，要选一个爱整洁的人，因为一个邋里邋遢的人是不可能把市容市貌搞好的……我知道，这是因为我记起了师父的这句话。几十年来，凡事我都要尽可能地追求完美，有时不仅追求"内容美"还要追求"形式美"，以至于很多同事给我提意见，说我工作中的要求有时太过离谱……我知道这是我的一大缺点。但是，也正是因为这一点，才使我在几十年的工作中几乎没出过什么纰漏。这应该是直接得益于师父的言传身教。

人们常说"师徒如父子"，在跟随师父的那些年，我的确从他身上感受到了父亲般的关心和爱护。有一次，工地上吊装混凝土屋架，师父不在现场。那时候我们的吊装器械简陋且原始，一根桅杆吊、几台人工绞磨而已。当时，一架几吨重的屋架已经吊起，正要移动到位时，突然勾住了桅杆吊上的铁件，悬在十几米的半空中动弹不得，上也上不去下也下不来，情况非常危险，搞不好就是桅杆折断屋架掉落，后果不堪设想。当时我二话没说，腰里别一根撬棍就爬上了吊杆，在半空中一点一点撬开了屋架，化解了险情。我满以为师父知道后一定会夸赞我，没想到他却冲我大发雷霆，大喊大叫，劈头盖脸猛训了我一通。我很少见他发这么大的脾气，感到非常委屈和不解。事后在没人处，师父一句话让我的热泪夺眶而出，他说："什么都没有你的命重要！"几十年过去了，一想起师父这句话，我的心仍要忍不住地颤抖。

当年在我们那个建筑圈子里，没人不知道我是师父的徒弟，而且是他得意的徒弟，我也因此常感自豪。然而，我们并没有举行过拜师和收徒仪式，师父也一直没让我称他"叔"。泥瓦匠和其他手艺人一样，拜师和收徒都要有隆重的仪式，而且要改称呼，在我们鲁西南一带，徒弟要称师父为"叔"，不然，名不正言不顺，师徒关系在行里也得不到公认。不管哪位师傅收徒，都要请几位德高望重的师傅做"介师"，都要摆几桌酒席，宴请一批同行。徒弟拜师，虽然不兴磕头了，但用敬酒礼代替，这是免不了的。这些虽然都是在私下里进行，但一板一眼都是不能马虎的。我曾经好几次拜托跟师父要好的师傅们从中说和，要举行一次正式的拜师礼，但师父始终没有明确答应，总是轻描淡写地说，那很重要吗？不就是个形式吗！所以，直到今天，我还是和别人一样称他为"程师傅"，而没能称他为"叔"。这一直是我心中的遗憾。当年我很不理解师父的心思，不知道他究竟是怎么想的。后来，随着对人情世事的感悟越来越深，我才意识到，也许师父根本就没有多想，他确实没有把这"形式"放在心上。我想，师父的确是对的，这种"形式"一类的东西从来都不是最重要的，不论何时何事。由此，我也更加钦佩和敬重我的师父！

跟随师父的那十年，恰恰是我生命的"青春期"，是我从一个顽劣少年不断发育成熟的十年，也是我远离父母独立长大成人的十年。十年中，我承受了太多的苦难，也终于度过了苦难，迎来了幸运；十年中，我遇到过种种诱惑，但最终摆脱了这些诱惑，没有走向歧途。十年中我没有沉沦，不仅没有沉沦，反而像一艘扬帆的小船，迎着风浪不断地前行。所以说，这十年，是我生命中最为重要的十年，也是我十分幸运的十年，没有这十年的幸运，也就不会有我后来人生中的种种幸运。而这幸运的十年中，最大的幸运之一就是跟了程师傅这样一位师父，这十年中，师父为我倾注了多少宝贵的心血啊！

　　人老了就爱回忆往事，这是人之常情，所以近来我常常想念师父。谁知，我来看望师父，师父却走了……还好，我正好赶上了送他。

男旦老商

十五六岁的时候,一段特殊的机缘,让我深深地喜欢上了京剧。

那时候,我正在建筑队干小工,我们那个不大的工地上竟然聚集了三位本地的京剧名人。头一位姓贺,六十来岁,面容清癯,每天都把脸刮得干干净净,稀疏的白发往后梳得整整齐齐,一丝不苟,人称"贺老板"。据年龄大的老师傅们说,贺老板年轻时是全城有名的少爷,吃喝玩乐无所不精,特别是一把京胡拉得出神入化,被誉为"鲁西南第一把胡琴"。解放后社会不再养闲人了,他便下海去剧团当了一名琴师。后来剧团解散,他又回来了,社会上还是不能养闲人,于是街道上把他安排到建筑队当了个壮工,靠出力气吃饭。二一位是个四十多岁粗黑的汉子,大家都叫他"韩三"。他自称是"裘派名票",其实,解放前是个拉洋车的。据说有一年北京的一个名角儿来我们这个小城演出，他跟着拉了一段时间的包月，从此逢人便说得过某某老板的真传，时不时地吼上几嗓子。贺老板对他的唱很是不屑，但我觉得好听，因为我喜欢裘派花脸那种高亢雄浑而又委婉妩媚的特殊韵味。这第三位才是真正响当当的角色，据说曾经是江苏省某地区京剧团的团长。贺老板说此人当年十分了得，有名的"小白牡丹"，红遍了津浦铁路沿线，有一次和一个全国著名的坤旦在徐州唱对台戏，整整半个月，硬是把对方挤出了徐州城。此人姓商，年龄也是四十多岁，令人匪夷所思的是一个大老爷们儿却长了个女人相，面皮白白净净，似乎没有一丝皱纹，一双细长的凤眼始终含着笑，还镶着一颗金牙，虽然有几颗浅麻子，却显出与年龄不相称的年轻和俏皮；走起路来也是扭扭捏捏，一律的小碎步，屁股左一摆右一摆，怎么看怎么像是个女人；起了个名字也是女人名，叫"商丽芳"。韩三说，他就是唱女人戏的，是个花旦！

巧的是这三个人和我一起都在灰盘上。那时候我们建筑队规模小，没有什么机械设备，更没有搅拌机，搅拌各种灰浆砂浆全靠人力。人力搅拌砂浆的地方是一块用砖铺起来的平地，这块平地就叫灰盘。每天早晨上班，瓦匠师傅们还没上脚手架，我们灰盘上的人首先要忙活起来，用铁锨把各种白灰水泥砂子石子和水按一定比例掺和均匀，一阵忙碌下来，每个人都是大汗淋漓。各种砂浆和好以后，瓦匠们开始上架子砌砖抹灰了，灰盘上的人便可以小憩一会儿。这时候，往往是韩三先咕咚咕咚喝几口水，伸直了脖子，憋粗了嗓子来一段方荣翔的《奇袭白虎团》。因为这时候不能唱老戏了，只能唱样板戏。韩三唱的时候贺老板会微闭双眼，手指头摁着膝盖一下一下给他数板眼。韩三唱完会冲贺老板抱拳一乐："咋样？跟我师兄差不多吧？"贺老板会啐他一口："啊呸！师兄？人家认识你吗？……人家丽芳才是真正的……"贺老板话没说完，就见老商把一只手举到额角，弄成兰花指，一边摇摆着一边说道："唔呀呀，惭愧惭愧……"韩三则会嘴一撇说："你瞧你瞧，浪得浪得……"老商这时会狠狠地白他一眼，屁股一扭掉身而去，于是，韩三大笑……我觉得这太好玩了，也跟着傻笑。贺老板是从来不唱的，但爱说话，嘴不闲着，常常讲些梨园行的逸闻轶事，当年某某角儿如何如何，某某老板怎样怎样，某年某月谁谁谁干了何事，似乎没有他不知道的。他讲得有声有色，我听得津津有味，长了不少见识。老商很少说话，更是从来不唱，休息的时候总是端着他那个大搪瓷茶缸子低头喝茶，安安静静的，真的像个女人。只有一次例外。那天突然下起了大雨，工地上的人都躲在工棚里，大家无所事事，不知是谁喊了一声："麻子！来一段儿吧，还没听你唱过呢！"于是众人便起哄。老商扭捏半天走不脱，只好站出来说："那好吧，就来一段儿。旧词儿不能唱了，来段儿新的吧。"说完，稍微清理了下嗓子，接着便唱了《红灯记》里李铁梅那段"我家的表叔"。嗬！那叫个好听！怎么比收音机里的还好听呢！更要命的是，明明一个大男人怎么能有如此美妙的嗓子，活脱脱一个小姑娘嘛！我真的服了这个商麻子了……想想看吧，跟这样三个京剧活宝朝夕相处，不爱上京剧才怪呢。

这三个人中老商对我最好，时时处处关照着我。我俩一块抬大筐时，他会让我个大头，说怕压得我长不高喽；我们一起搅拌砂浆时，他总让我负责拿着水管洒水，这是最省劲的活儿；休息的时候，他会允许我用他的大茶缸子喝他沏的茶，他是从不让别人碰他那个宝贝茶缸子的。有一次韩三大大咧咧端起缸子喝了他一口茶，他立马变了脸，二话没说拿起缸子把茶全泼了出去，弄得韩三发作不是不发作也不是。老商的茶也确实好喝，有一种特殊的清香，他说是因为放了青果。有一次他有些神秘地又让我喝他的茶，让我闭上眼睛先品一品，我抿了一口，果然有一种不一样的淡淡的香甜，他得意地笑了，说泡的是胖大海，一种中药，保护嗓子的。夏天的时候，每天吃完午饭，我们都有两三个小时的休息时间，老商总是拉着一领草苫子，一个人到远处的树荫下睡觉。有时候，他会招呼我过去，给我讲一些样板戏里那些演员们的陈年故事。好像那些人他都熟识……他从不像别人那样叫我的小名，也不像贺老板那样叫我"爷们儿"，而是叫我"小老弟"，我听着高兴，觉得他看得起我，拿我当个大人。其实，我知道他有个儿子年龄和我差不多，他叫我"爷们儿"也是可以的。我还知道老商家离我家并不远，就在我家南边一条胡同里，我每天上下班都要经过他家门口，但是，奇怪的是从来没遇见过他。

老商对我好，我也觉得他人不错。在我看来，老商是全工地最能干最勤快的人了。他干活从来不偷懒磨滑，不像韩三。除了灰盘上的活以外，他还义务烧茶炉子，还义务打扫工地办公室，也就是工头的办公室。每天他来工地最早，离开最晚，大家都下班走了，他还会满工地拾拾掇掇，直到天完全黑了才回家。他待人也和气，不管见了谁，都是未言先笑，一笑就露出那颗金牙。尽管我觉得他有点过于低头哈腰低三下四，但也觉得总比韩三那样趾高气扬满嘴粗话强。可是，我明显感到工地上除了贺老板以外，其他的人对老商好像并不待见，没人愿意跟他说话，没人称呼他的名姓，不管男女老少都叫他"麻子"。特别是钢筋棚里的那几个老娘们儿，总是在背后对他指指点点。又尤其是工头的老婆那个胖女人，有一次我分明听见她骂他"臭不要脸"。我很是奇怪。一天，我问贺老板咋回事，老头儿半天没说话，长叹一声："唉，丽芳是个苦人。"后来，他又莫名其妙地说了句，"爷们儿，你离他远点也好！"老头儿这没头没脑的两句话更让我纳闷了。一天午休的时候，我把韩三拉到一个僻静的角落，缠住他让他给我说清楚到底是咋回事。韩三冲我坏笑了半天，一开始吞吞吐吐，后来终于给我说了个明明白白。原来，这老商蹲过监狱，刚出来不久，现在还戴着个"坏分子"帽子，在街道上受管制，每天天不亮就要扫大街，扫完大街才能再来上班。怪不得我早晨来上班从没遇到过他。"坏分子！知道不？"韩三问我。我当然知道，"坏分子"是"四类分子"中的最后一种。我还知道，前三种分别是地主、富农、反革命，都是阶级敌人。不过，这"坏分子"到底是些什么人，还真不太清楚，好像与"流氓"有关？算不算阶级敌人？我问韩三老商到底犯的什么事，他恶狠狠地说："鸡奸！鸡奸！懂不懂？！"我的妈！我咋不懂，我都十六了！老商怎么会做这样龌龊的事情？我不信，不信，绝对不信。我再去问贺老板，老头儿摇了好一阵头才说："这个韩三，就知道胡嗳！其实……也并不完全是他说的那样。丽芳是有这毛病，可这是个风流毛病……爷们儿，你还年轻，你不知道，旧社会，就那样！唱男旦的，有几个没……"明白了，明白了，我完全明白了。我读过巴金的《家·春·秋》，里面讲的五老爷克定好像就干过这事。当时我读到这里的时候似懂非懂，现在把韩三和贺老板说的联系起来一想，完全明白了，世上还真有这种事情！贺老头儿看我呆呆傻傻的样子，又说："这是多年前的陈谷子烂芝麻的事了，不知后来怎么又翻腾出来了。嘿，还坐了三年大牢！"接着又大摇其头。最后，老头儿又叮嘱了我一句："爷们儿，别对外乱说，丽芳受不了。你没见他每天早出晚归吗？怕遇见熟人！"

　　问来的这种结果是我万万没想到的。老商挺好的一个人呀，怎么能够这样？！我不能接受。我一想到那种龌龊的事情，就恶心极了。接下来的几天，一看到老商，我就心生反感，我再也不会去碰他的茶缸子，再也不会缠着他听他讲什么京剧故事了。老商肯定感觉到了我的变化，几次似乎想对我说些什么，但欲言又止。不过，那时候我已经开始学着理性地思考问题了，而且，阶级和阶级斗争的世界观也开始"武装"

我的头脑。我反复思索，觉得不管怎么说，老商都应该属于"被侮辱被压迫的人"，既然是被侮辱被压迫的人，应该善待他才对呀。于是，哀其不幸的情感和想法渐渐占了上风。终于，我没有像那些人那样厌弃老商，至少在表面上。老商对我的态度似乎也有了些变化，他不再邀请我喝他的茶，也不再喊我一起午休，而且，他不再称呼我"小老弟"，而是改称"老弟"。我俩好像变得相互客气起来，这种客气让我感到十分别扭。好在不久，我离开灰盘到架子上去学砌砖了，和老商的接触就少多了。但很长一段时间里，我仍然十分关注他的一举一动。

一天上午快下班的时候，我在架子上突然听到下面有哭叫声，不是一般的哭叫，而是那种歇斯底里的又哭又闹的叫骂。我顺着叫声望去，原来是工头的老婆。只见这个胖女人在灰盘边上跳着脚冲着老商在叫喊："臭不要脸！你个老混蛋！……又想勾引别人的男人……你个贱种！你是不是又……"别看这个女人平时蠢得可以，可骂起人来却是伶牙俐齿花样翻新，那种恶毒而又令人恶心的词真是一套一套的。奇怪的是老商好像一点反应也没有，一句话也不说，只是蹲在那里，深深地低着头，一动不动，两眼直勾勾地望着地上。更奇怪的是全工地上的人都停下了手里的活儿，但没一个人上前劝阻，只是远远地观望，有的还在窃笑，只有贺老板那老头儿一人小声地在对那个胖女人劝说着什么。后来，如果不是工头来了，两个大嘴巴子把他的女人扇跑，这场闹剧还真不知道什么时候收场。

这天中午吃饭我就没看到老商，一整个下午也没见着他。直到下班后，我已走出了工地，老商突然悄悄地出现在我的面前。他把他常用的那个布包塞到我手里，面无表情地说："老弟，麻烦你把它捎到我家里去，你认识的，我儿子在家。"我用手摸了摸，是他那个大茶缸子。我没说话，点点头。其实，我很想问他些什么，但自从知道了他的事情以后，我就已经很少跟他说话，也很不愿意再跟他说话了。老商说完就又悄悄地消失了。

第二天、第三天都没再见到老商，工地上也没谁谈论那天的事情，一切如常。直到第四天上班时，我刚要上架子，韩三叫住了我，他神神秘秘地捂着半个嘴压低了嗓子说："麻子死了！跳了大运河了……昨天晚上捞上来的……啧啧……肚子都鼓起来了……"我听后立马呆住了，呆了半天没缓过神来。那天一整天我都没缓过神来，不知为什么，心中总有一种惆怅，是痛惜？是忧伤？似乎还有歉疚？实在说不清楚……

倏忽之间几十年过去了，几十年中我接触了太多的人经历了太多的事，老商其人其事在我的脑海里几乎没有了踪影。然而，那时候培养起来的对京剧的喜好却伴随了我几十年，工作之余常常会欣赏些京剧唱段，这种时候，偶尔会想起老商。有一天，我在电脑上欣赏着一位著名荀派花旦演员的表演，突然想到了老商，老商也是荀派花旦，当年也是著名的。我突发奇想：不知电脑上能不能查到他。我在键盘上敲击了"商丽芳""京剧""知名演员"几个关键词，没想到居然查到了。当然，不是一个独立的词条，而是有一篇回忆文章里提到了"商丽芳"。文章说，商丽芳，京剧演员，艺名"小白牡丹"，鲁西南人……唱响了徐州蚌埠一带……"文革"中受政治迫害致死……云云。这说的应该是他。没错，是他！但是，死因似乎说的不对。我想，没人比我更清楚这件事的来龙去脉了……

人生恶作剧

我从小就爱搞恶作剧。很小的时候,我就整天捉弄我那两个老实巴交的弟弟,以至于姥姥老是训斥我。后来上学了,我好多次将笤帚或者黑板擦之类放在虚掩着的教室的门上方,等老师一推门便正好掉下来砸在头上。我知道老师们不能拿我怎样,因为我的父亲母亲也是这个学校的老师。后来我早早地走上社会,依然秉性不改。在运河大桥拉套子的时候,我常常会悄悄地尾随在某辆没有雇我的地排车的后面,等他爬坡正吃力的时候,我突然用嘴发出轮胎爆裂撒气的声音,因为我学得逼真,吓得拉车人立马拼命地把车把架起,费力地把车停下来察看究竟,等他明白上了当时,我早已哈哈大笑着扬长而去。要知道,在那个大陡坡上要把车子再次拉动起来,那可要费九牛二虎的力气。

再后来,我长大成人了,仍然是恶搞不断。在工地上，我曾经把一个瓦匠师傅的牙膏从尾部打开灌进去石灰膏，还曾经把一位木匠师傅的半瓶酒倒掉换进去医用酒精。还有一次是一个早晨，我悄悄潜到还没起床的农村师傅们的工棚里，将他们的腰带一根根抽出来挂到外面的脚手架上，害得他们提着裤子乱转圈……总之，年轻的我，是一个十足的捣蛋鬼，经常不按常理出牌，搞得别人狼狈不堪。当然，这些恶作剧再不堪，也都是些无伤大雅的玩笑，不会有太严重的后果，更不会影响人生。然而，1979年，我再一次不按常规出牌，开的一个天大玩笑，却出其不意地改变了我的人生轨迹，堪称人生恶作剧。这就是——我突然决定参加高考！

1977年，国家恢复了高考制度，这为成千上万的知识青年提供了改变人生的良机。成千上万的有志青年也都满怀热情地投入到高考当中去。参加高考，这在当时，似乎对所有的年轻人来说，都是天经地义的事情。然而，对我来说，却是莫大的玩笑。首先，我根本算不上是"知识青年"。毫不夸张地说当时的我基本上是个半文盲，因为初中一年级都没有读完（那时的农村中学一年有三个学期，我只读了两个学期）。干泥瓦匠的十年中虽然也看了一些书，但很杂，很多都是些文学作品，以小说居多，看的是热闹。而且十年中我好像没写过几次字，连信也没写过几封，连支笔也没有。我这样的"知识"基础，怎么能、怎么敢去参加高考？再者，我也不是"有志青年"。当时我干泥瓦匠正干得顺风顺水，年纪轻轻就已经是三级瓦工了，我也从未想过要改变职业，更不要说什么改变人生了。所以，恢复高考这么一件大事，对当时的我没有丝毫的触动，我甚至都不太知晓这件事。直到有一天，我们工地上的一位老兄接到了高考录取通知书。

这位老兄是我的好友，比我大七八岁，家在农村，来我们建筑队干临时工已经好几年了。他是1966年的应届高中毕业生，货真价实的"老三届"，一肚子好学问，但人迂腐得有些可爱。一次，工地上待料歇工，别人都出去玩了，他却一个人独自待在工棚里，边看着一本书边拿着一瓶酒对着嘴干喝，连个花生米也没就。我觉得奇怪，问他为什么干喝酒不吃菜。他却有些得意，摇着手中的书神气活现地说，知道我看的什么书么？《汉书》！知道什么是汉书下酒么？接着便跟我讲了那"汉书下酒"的典故……就这么个一肚子学问的伙计，干起活儿来却奇笨无比，砌砖砌不直，抹灰也抹不平，他老早就央求着我师父想学手艺，但师父一直都嫌他太笨，不怎么教他。虽然我们俩关系很好，但我对他也有些不屑，觉得他确实有些傻乎乎的。嘿，这样一位老兄，竟然考上了大学！这，引起了我的兴趣。一天，我有些调侃地问他高考都是考些什么玩意儿，他没有正面回答我的问题，而是很认真地对我说："其实，你也可以考，报考文科是可以的。"我呵呵一笑，根本不以为然。他却更加认真地说："真的，是可以的。这么多年我们在一起，我知道你虽然上学不多，但看书不少，知道的文史知识是不少的，考文科是可以的。"我看他一本正经十分认真的样子，便不好意思再开玩笑了，而且对他说的话竟也有些将信将疑了，于是对他说："把你的考卷拿来我瞧瞧……"

谁知，我们的这次谈话被工地上的另一位老兄知道了。这位老兄也是我的好友，比我大十几岁，也是一个有着一肚子学问的家伙。此人以前是一位很有才华的中学老师，曾经发表过文学作品，很有些小名气。当年因为据他自己说是一个莫须有的"破坏军婚"的罪名，在监狱里被关了三年，出狱后没了工作，街道上便把他安排到我们工地上当了一名壮工。此老兄的学问更大，似乎知晓古今中外的所有作家。他不仅熟悉这些作家的作品，还知晓他们的风流韵事，他常常跟我讲某某作家和某某女人如何如何，边讲边吃吃地笑。我俩虽然年龄悬殊，但我跟他没大没小，常开他的玩笑。每当这时，我会问他，当年你是不是也是这样？他一点儿也不恼，反而有些得意，更加吃吃地笑。有时，他也会讲些比较正经的话题，比如，他曾经专门给我讲过"美"，他说是哲学意义上的美，他讲了美的主观性和客观性，讲了审美等等，我听得似懂非懂，但感到津津有味。那天，这位老兄专门找到我，一脸严肃地问我："你真的想考大学？"我没回答，反问他："怎么了？"他说："怎么了？！考大学是那么简单的事吗？想当年我连续两年都没考上！我碰得头破血流都没有把大学的门撞开！你？你还真是初生之犊，真是异想天开……"我看他认真的样子有些可笑，便决定逗逗他："你考不上不一定代表我考不上，你考不上是因为你把功夫都花在了女人身上了……"我一揭他的疮疤他果然有些气急败坏了："嘿，你小子真不知好歹，真不知天高地厚……就凭你？你以为你看过《三国演义》、看过《水浒传》就是通晓历史了？你以为你读了几篇鲁迅的文章就懂得什么是文学了？高尔础！知道不？你不过是个高尔础……开什么玩笑！"我真的不高兴了，这位老兄竟然拿鲁迅先生笔下那可笑的人物来讽刺我！我有些愤怒地怼了回去："就冲你这话，我还非考不可了！我还就不信了，'和尚摸得，我就摸不得？'"我也故意用鲁迅先生笔下另一个可笑的人物阿Q的"名言"回敬他。

不管怎么说，不久，我下定了决心，真的决定参加高考了。当然，不完全是跟这位老兄赌气，而主要是因为我看了前一位老兄的高考试卷，除了数学题，其他文史地理政治啥的我还真的都略知一二。为了更好地备考，我还专门报了一个高考辅导班。没想到，我的这个决定竟然遭到了大家一致的怀疑和反对。先是没人相信是真的,都以为我又在恶搞,又是要恶作剧了。后来知道是真的要考了,几乎所有的人又都认为这太荒唐了,比恶作剧还要荒唐,都认为我太不自量力,都对我嗤之以鼻。善意的当面劝阻的有,背后讽刺挖苦的也有。就连父亲也态度暧昧,父亲不置可否地说:"考吧考吧,'一颗红心两种准备'嘛,借这个机会多学些东西总是好的。"他根本不相信我能考上,因为他一辈子教了那么多学生,没有几个能考上大学的。

如果事情到此为止,或者按着正常的逻辑发展下去,这事根本不会真的成为人生的恶作剧。因为一切正常的话,我会名落孙山,我会继续在工地上当我的泥瓦匠;不会有其他意外的结果,不会有戏剧性的效果;没有人尴尬,没有人难堪,就连我自己也不太会尴尬也不太会难堪,因为我本来就与高考风马牛不相及的嘛。

然而,事情的发展竟然完全相反,事情竟然出现了颠覆性的结果。那年,我竟然以语文成绩全地区第一、总成绩远超一类大学分数线的骄人成绩,考上了山东大学中文系!要知道,这可是一类大学中的一类专业!当年的山大中文系可是和北大中文系、复旦中文系齐名的呀!

这真是匪夷所思的结局。这在我们那个不大的小城里绝对是个大新闻,当年凡是关心高考这件事的人都知道,有个泥瓦匠小子,初中都没毕业,竟然考上了一类大学。这戏剧性的结局让事情成了地地道道的恶作剧,因为它太不符合常理了,太让人意外了,而且也太让一些人尴尬难堪了。首当其冲的便是当时反对和讥笑我的那些人,他们尴尬得不能再尴尬,难堪得不能再难堪了。然而,所有的人也都解释不清楚究竟是什么原因让事情变得这样。是什么原因让我考上了大学而且考得如此之好?人们议论来议论去,最后几乎是众口一词:运气,是运气!是这小子走运了。

没错,是运气。我完全赞同他们的这句话。因为这个结局也大大超出我的期望,那段时间,我也曾多次认真地思考和总结过这事,结论是和大家一样的,我能考上大学的确是一系列的运气促成的,而且有些运气的确是可遇不可求的。

比如,那天在数学科目的考场上我就交了一个天大的好运,老天爷扔给了我一个天大的"馅饼"。数学，这本来是我决定放弃的科目，从听辅导班第一堂数学课时我就决定放弃了，因为我根本听不懂。这堂课让我完全清醒了，让我知道就凭我初一都没读完的基础，想在短短几个月的时间里把初中高中的数学都弄懂是完全不可能的，因为数学和其他课程是完全不一样的。于是我决定放弃数学，转而集中精力专攻其他几门课程，用另外几门课程的优势来弥补数学的劣势，就像田忌赛马那样。然而，放弃归放弃，按规定并不能弃考，于是我只好抱着考零分的决心，硬着头皮来到考场。开考不久，我就发现了"馅饼"，因为我正在无聊地浏览试卷时，突然发现了一道求证直角的几何题。这题我可不陌生啊，而且还是我的拿手好戏！在工地上，开挖地槽之前放线，首先要找直角，砌墙之前也要首先找直角，甚至没有水平仪的时候，找水平线也要先吊着线坠儿找直角，我几乎每天都找直角。"勾三股四弦五"嘛，这可是撞到我的枪口上了。我三下五除二就把题做出来了。这意外的收获竟让我有了侥幸心理，我瞪大了眼珠子继续在卷子上寻找"馅饼"。果然，又找到一个，这是一道容积问题。我虽然对容积问题的公式一窍不通，但凭着生活经验，居然把三个容器里的液体三倒腾五倒腾地给倒腾平均了。这两道题都是9分，后来我知道，前一道题是全对了，满分！后一道题因不会公式扣了一半的分，答案正确给了一半的分，5分！就这样，我在本来注定要考零分的数学卷子上，居然拿到了14分。跟其他考生比起来，这14分虽然低得可怜，但对我来说却是宝贵万分，因为如果没有这14分，我的总分可能就过不了一类学校的分数线。你说这不是运气吗？天大的运气！

当然，我也认为，有些运气也并非完全偶然。比如，我的好运之一就来自我报考了那个高考辅导班。当时，国家高考制度的恢复，激发了全社会重视教育的热情，尤其是教育界，又尤其是那些中学，老师们在努力地提高应届高中毕业生教育质量的同时，还举办了一些高考辅导班，他们利用业余的时间为那些有志于高考的社会青年补课。我就有幸考上了济宁二中办的辅导班。这个班汇集了全市高中里最有经验的各科教师。比如那位教数学的老教师，解放前我父亲读中学时他就在教数学。在这些老师的帮助下，我原本头脑中的那些支离破碎的、杂乱无章的、似是而非甚至错误的"知识"逐渐清晰起来、准确起来、条理和系统起来，逐渐地符合了高考应试的需求。而且，在这些老师的帮助下，我还学到了一些宝贵的应试技巧。比如，教历史的老师有一次告诉我们：大家不是记不住法国大革命中罗伯斯皮尔这个人的名字吗，那么你记住"萝卜撕了皮吃"就行了。这种细节我至今记忆犹新。毫不夸张地说，如果没有这个辅导班和这些老师的帮助，我要想在几个月的时间里完成备考是根本不可能的，更不要说考上大学了。参加了这个班的学习，的确是我的幸运。我永远记得那些老师的音容笑貌：那声若洪钟激情四射的教历史的陈老师；那风度翩翩温文尔雅的教地理的周老师；那风趣幽默循循善诱的教语文的扈老师，以及他的夫人，那位端庄优雅的教政治的郭老师；还有那位年纪挺大了的退了休又返聘的教数学的孙老师。

然而，我觉得我最大的幸运，应该是我有幸在我们的那个小小的街道建筑队干了十年，使我有幸跟建筑队里的那些人朝夕相处了十年。这绝非妄语。别小看我们那个小小的街道建筑队，在那个特殊的年代，真的竟是"藏龙卧虎"之地,汇集了一批社会上的各界"精英";正是这些"精英",将我由小到大逐渐培养教育成人。最初,这个建筑队是由旧社会过来的一些闲散人员组成,他们有拉洋车的、卖青菜的、做各种小买卖的,有跑码头变戏法的、拉洋片的、打拳卖艺卖大力丸的,有说书的唱戏的,有妓女、老鸨,还有几个城里有名的落魄少爷……这些人大都曾在社会的最底层里挣扎,在险恶的"江湖"上行走,个个饱经风霜,有的还身怀绝技,然而他们又都是那么善良,那么富有正义感和同情心。十年中,他们无微不至地呵护着我,也无微不至地影响着我。他们的喜怒哀乐、爱憎好恶曾是那样潜移默化地影响着我正在开始形成的世界观;他们丰富的生存智慧和处事经验又是那样直截了当地指导着我认识问题处理问题的思想方法。他们是我最早的人生导师,教会了我很多书本上根本学不到的知识……后来,又来了一批真正的精英。"文革"开始以后,一大批被打倒、被处理的"阶级异己人员"被安排到了我们的建筑队里。这些人当中有工程师,有技术员;有作家,有演员;有好几个中学教师，也有大学教授，还有一个专科学校的校长；有国民党的军官，也有共产党的"走资派"。这些人跟前面的一类人又不一样，他们都受过良好的教育，个个都学有专长，都掌握着高水平的科学文化知识。假如让这些人合力办一所学校，那也应该是高水平的。没错，我就在这所"学校"里跟着这些"老师"们学习了整整十年，我像蜜蜂采蜜一样贪婪地吸吮着他们身上各类各样的知识营养，像春燕衔泥一样不停地丰富着自己的知识积累。想想看吧，什么样的所在才能同时聚集这样两类不同的"社会精英"呢？多么的幸运才能使我与这些"精英"们朝夕相处了整整十年呢？能运用跟这些"精英"学来的本领考取大学，不是顺理成章、天经地义的事情吗？！

所以，偶然也好，必然也罢，的确是各种各样的幸运让我考上了大学。从此，我的人生之路便转入了另一条轨迹，生命揭开了崭新的一页。毫无疑问，这是我一生中最为巨大和最为重要的转折。然而，谁又能想到，我人生中这个最为重要的转折，竟会是以这样一种无厘头的充满了恶作剧色彩的方式实现的呢。

想念小 D

小 D 是杨光辉，同学们都知道。这个绰号是我给他起的，三十多年了。小 D 已经走了，走了也好多年了，可他的模样依然经常在我眼前晃来晃去。

小 D 是我们年级中年龄最小的同学，入学时似乎还不满十六岁，我比他大了八岁还多。我俩同住一个宿舍。刚见到他时我很是惊讶：年龄这么小，个头也小，而且体格很弱，完全还是个未发育好的孩子嘛。然而，这个弱小的孩子从一开始就表现出异乎寻常的要强和敏感。

小 D 似乎对整个世界充满了好奇，对各类知识都有着广泛而浓厚的兴趣。他的确读了很多书，尤其是五四时期作家们的作品，以至于他常常模仿这些作家文中的语气，"于是""不过""然而"等等，不绝于口，甚至骂人都说"妈妈的"，而不说"妈的"。

他最爱钻图书馆，专拣那些发黄的陈年旧报刊翻阅，一俟查到他认为重要的遗闻轶事，便向我们炫耀：知道×××的××事么？看到我们一脸茫然的样子，便得意起来，一边不屑地笑，一边习惯性地踮着脚扭动身躯，口中还念念有词："喊！妈妈的……然而……"可爱极了。

　　我叫他小 D，一方面是因为他模样长得小、弱，一方面也是因为他说话太爱模仿鲁迅先生小说中人物的语气了，不由我不想起《阿 Q 正传》中的小 D。入学后不久的一个星期天我和他一块上街理发，给他理的是一位比他大不了两岁的漂亮姑娘。一开始他就忸怩起来，窘得满脸通红，在座椅上不停地扭动着身躯，等到要给他洗头时，终于坚决不干了，嘟哝着坚持要自己洗……一出理发店我忍不住大笑起来，他仍然忸怩，然而又语无伦次含混不清地不停地嘟哝："妈妈的……身体发肤……男女授受……岂能……然而……妈妈的。"忽而，扭着身子一溜烟跑了。活脱脱一副小 D 的样子。于是，我便叫他小 D。后来，他反唇相讥，便叫我老 Q。不久我俩的绰号大家便都叫开了。

小D人小自尊心却极强，容不得别人说他半个不字，更容不得对他有任何的冒犯。我抓住他这个弱点，经常逗他，故意"冒犯"。一般都是在晚自习回来，上床以后熄灯之前。往往是我首先挑衅："小D，你老家寿光我去过，穷山恶水嘛。""胡说，我们那里根本就没有山。喊！"小D照例有些不屑，但没看出我的阴谋。"穷山没有，恶水是有的了，你没否认嘛，没否认就是承认了嘛。反正是一穷二白。""放屁！我的家乡美丽无比富饶无比！"小D开始有些气愤了。"富饶个球！不就是出产芦花大公鸡吗？哎，你在家卖过小鸡的吧？小鸡——了！卖小——鸡！"我一边逗他一边拿腔捏调地吆喝。小D终于愤怒了："混蛋！你在家才卖小鸡呢！妈妈的！""卖小鸡的不是你，那一定是你爸爸。"我学着大灰狼对小山羊的语气。"妈的！"小D彻底被激怒了，再也顾不上用五四作家的语气骂人了，他气急败坏地跳下床，拿起门后的笤帚朝我一阵暴打，我则用被子蒙上头狂笑不止。最后，小D发泄完，气消了，又开始学鲁迅先生作品中的人物了，扭着身子唱："手持钢鞭将你打……"得胜回床了事。这样的闹剧经常上演。有人戏称我俩就是一对老少欢喜冤家。

小 D 活泼、爱闹，但讨论起问题来却极认真，往往表现出与年龄极不相称的深沉。他曾认真地告诉我，他之所以爱读五四时期的作品，是因为那些作品都有浓浓的悲剧色彩，这让他感动，让他入迷，尤其是鲁迅先生的。鲁迅先生的作品中，他又尤其喜欢魏连殳这个人物。我听了甚为吃惊，这样一个阳光灿烂的孩子，竟然钟情于那样一个灰暗而又孤独的形象；这样一颗年轻的心，居然如此复杂敏感。多年后，一想到这些，再联想起他后来的境遇，我常常不寒而栗。

四年中我俩结下了深厚的友谊，我一直把他当做一个年幼的弟弟看待。

毕业时小 D 被分配到西北某省的政府办公厅。毕业后第一次看到小 D，记得是在省法院的同学那里。那时候分别似乎刚刚一年，小 D 却面目大变，焕然一新。人是明显长高了，也精神多了，穿着件浅绿色的短袖 T 恤，似乎还烫了头发，可以说是神采飞扬，完全是一个走在潮流前沿的时尚青年。看来，他似乎比其他同学都更快地融入了社会，融入了这花花绿绿的大千世界。那时候，全国各地都正在搞机构改革，干部队伍正在搞"四化"建设，整个社会都在面临着急剧的变革。小D身居省级大机关，而且年轻，一张白纸，正好画最美最美的画图……我很为小D高兴。

小D第一次主动和我联系，好像是在毕业四五年以后，那时我还在组织部。他来信说，他已不在西北某省，已调到西南某省政府办公厅，结了婚，有了个女儿，但他不愿再在西南工作，想调回山东老家，问我能否帮忙。我很理解他的愿望，很乐意为他帮忙。于是我把他推荐给了我们省政府办公厅人事处的任处长。任处长一听是山大中文系毕业的，而且又是一个系统的，都是省政府办公厅的，很感兴趣，表示尽快考察。后来，小D再来信，说可以不调省一级，潍坊市也行。我又联系了潍坊市政研室，对方也表示欢迎。再后来，小D又来信，说回老家寿光县也很好。于是我又请我的处长给寿光当时的县委王书记写了推荐信。好在那时在组织部，方便条件是有的。然而，不知什么原因，这一切统统都没有了下文，我感到有些不妙。

　　1994年的一天，小D突然找到我。那时我已到县里工作。小D说，他工作已经丢了，老婆孩子也分手了，他现在是单身一人。他不让我问原因。还说，他这次来，是知道我们县里的酒厂办得不错，想让我把他安排在酒厂里工作。尽管我事先就有预感，但无论如何也没想到他居然已落魄到这种地步！然而，酒厂再好，岂是能让他屈尊的地方？我需要另想办法。于是便让他在县招待所住下来，告诉他多住些日子，容我从长计议。那时候我的确有些忙，白天下乡，晚上回来陪客人，因为酒厂红火，客人又特别多，每次陪完客人，几乎都处于醉酒状态，很少能和小D坐下来认真谈谈。终于有一天，办公室的马主任跑来告诉我，小D收拾东西走了，什么话也没说。我猛然醒悟到，这次我真的是冒犯小D了，而且是以这种类似乎冷落的方式……小D还是那个小D，尽管已经落魄。我不能原谅自己。

　　小D是不会记仇的。果然，一年多以后他又来找我，那时我已到另一个县工作。他还带来一位中年人,说是某银行的行长,说是可以搞到大笔贷款,说是可以跟我们县合作一些项目云云。我看那位"行长"和那些"项目"实在太不靠谱,便把小D拉到另一间屋,认真地告诉他,我有一位很好的朋友,在北京主持着一家背景深厚的非官方扶贫机构,工作很轻松,办公条件也好,在友谊宾馆里边,我可以推荐他到那里去,不用什么调动手续,也不用什么考察……小D见我对"行长"和"项目"不感兴趣,很是失落,但还是表示接受我的建议。我为他写了封介绍信,他接过去并说了声谢谢。然而,他始终没有到北京去……这是我最后一次见到小D,时间是在1996年的春天。自此以后,小D再也没有跟我联系过,我俩再也没见过面。

后来倒是经常得到有关小D的消息,都是从同学们那里听来的。每次同学聚会,几乎都要谈及小D。大家谈及他的状况,似乎是一直在四处游荡;谈及他的趣事,因为他还是那么爱闹,但有时闹得过于荒唐,趣事成了烂事;谈及他一直没干什么事情,没有收入,很长一段时间主要靠同学们接济,几乎所有的同学都给过他钱。再后来,有一位知情的同学说小D已经回到老家,开始贩海鲜、贩青菜、贩盐了。我听了感到些许安慰,甚至有一点为他高兴:自食其力总是好的。

听到小D殁了的消息也是在一次同学聚会上。当时,大家又谈及小D。一位同学说小D走了,是在冬天,在寿光老家。一天晚上小D出去喝酒回来,踩在冰上滑到了,后脑勺磕在石头上,就这样,走了……那天我又喝了许多,虽然我经常喝多,但那天多得特别厉害。

以后,同学们聚会再也很少提及小D……

虽然很少提及,但我却常常想起他,还想起魏连殳……

小D是我们年级同学中年龄最小的,却是最先走的,走的时候应该还不到四十岁。他就这样匆匆离开了这个世界……这是为什么呀?!

一次,我信手翻阅杂志,读到达·芬奇写的一篇寓言《蝴蝶和火焰》,很美。这又让我想起了小D。年轻的小D就像寓言中那只美丽的蝴蝶,对一切都充满了好奇，面对五彩缤纷的世界，就像蝴蝶看到了那跳跃着的炫目的火焰；然而，他没有准备，只有欲望；没有警惕，只有冲动；不顾一切，只想拥抱光明！结果……唉……

　　小 D 啊小 D！

　　……

我心中的校训

对所有的校友来说，共同的深刻记忆莫过于母校的校训、校歌之类了。然而，我们79级入校时，母校似乎还没有校训，不似现在，有，而且堂皇："学无止境，气有浩然"。但是，当年吴富恒老校长的一句话在我心中一直被奉为校训，直到现在。

我记得很清楚，那是入校不久，全校新生集合在老校大操场上，学校要举行开学典礼。那是我们第一次见老校长，心中充满了好奇和兴奋。只见校长端坐在高高的讲台上，开口第一句话就是："今天我要讲的是：认认真真读书，老老实实做人。"开宗明义、掷地有声。就是这句话，让我在心中当作校训，牢记了几十年，也思考了几十年。

说实在的，当时的我，对这句话并不太以为然，因为我感到说得太直白太浅显了，直白浅显得不太像大学校长的语言，尤其不像山东大学校长应有的语言，一点儿文采都没有……多年以后，我才逐渐领悟到，这种直白，才真正是山大人的语言，真正是山东大学的风格。尽管我当时浅薄地认为老校长讲得缺乏文采，但对这句话所包含的道理却是非常信服的：认真，老实，这的确是做人做事的本分。幼时，父母就是这样叮咛的；做工时，师傅也是这样训诫的。

  回想四年大学生活，就是围绕这句话进行严格训练的过程。从一年级起，几乎所有的老师都叮嘱我们：要多下功夫读书，脑子里要多装东西，有的要背下来，有些要死记硬背！要多写多练，要多做基本功，不可投机取巧！……很多同学都不能忘记，曾繁仁老师教我们文学概论时，因我们不能复述上一堂课的内容而露出的那种无奈的苦笑，这种"恨铁不成钢"的苦笑刺痛了我们的"自尊"，简直是刻骨铭心，让我们再也不敢偷懒……针对当时我们急于发表作品和论文的心态，不少老师谆谆告诫：不要急于出成果，要厚积而薄发！有的老师甚至严厉地说：板凳要坐得十年冷！……为了使我们在学习中能够掌握方法深得要领，许多老师循循善诱的音容笑貌仍历历在目。周来祥老师几乎每次在课堂上都要叮咛,"方法哪,方法";孟祥鲁老师也曾反复地举例,"要把金针度与人,度与人!";徐超老师为了跟我们讲清楚"馄饨"和"混沌"的关系,竟不厌其烦地把其音训的过程书写了满满一黑板;有的老师还以身作则、身体力行,王长水老师讲现代小说史时,投情过深,用心太专,竟至血压高涨,晕倒在讲台上……三年级下半学期,为了指导我写好毕业论文,辅导老师张可礼先生便早早帮我选定了题目,又开出了一个长长的书单,让我从图书馆抱回两尺多高的线装书,一本一本研读,一篇一篇做笔记,结果光是所记的读书卡片就装了满满两鞋盒子。张老师又一遍一遍帮我修改,用了差不多一年的时间才完成了论文……老师们言传身教的,何止是知识呀,更多的则是这四个字:认真、老实!久而久之,"认真、老实"已成了山大师生共同的本色,成了山大学子醒目的标签,以至于当时每年毕业生计划分配时,中央和国家重要机关都要到山大来选学生,理由是一致而简单的:山大的学生做事认真,为人老实。所以,那时候，我认为用"认认真真读书，老老实实做人"作为校训是十分恰当的。何况，这是名副其实的校训——老校长的训诫呢。

自觉地将"认认真真读书，老老实实做人"这句话作为校训并努力遵守之践行之的，还是在我毕业之后。走上社会，独闯江湖，我越发感到这句话的宝贵。三十年来，我蹲过机关，也下过基层；在家乡出过力，也去边疆做过"奉献"。一路走来，虽历经风霜，倒也一帆风顺；虽未成就什么"出息"，却也没留多少遗憾。扪心自问，所到之处的所作所为老百姓还是认可的。自我总结，这一切还是沾了"认认真真，老老实实"这句话的光，是校训教导的结果。在有困难的时候，我还会有意识地用这句话壮胆提神激励自己。那年，组织上让我到一个刚刚出过风波的县去主持工作。这是一个经济欠发达县，穷得很，而且，当时全县干部对一些敏感问题认识不一致，思想比较混乱。很多好心的同志担心我驾驭不了这种局面，又怕我出问题，栽倒在这里。对此我心中也没有把握，好在时刻牢记着校训，这让我平添了一些底气。于是，在跟全县干部第一次见面的大会上我自撰一联，说是与大家共勉，其实主要是自励。联为："一身正气，两袖清风，坦坦荡荡做人，何惧之有；百折不挠，万众协力，轰轰烈烈干事，无坚不摧！"联虽不工，取义还是明确的，根本上还是"认认真真，老老实实"这句话。此联在干部中引起了反响，也促使大家尽快统一了思想，而我也是凭着这句话，不仅很快打开了局面，而且一路顺利，直到离任。离开这个县时，四乡的群众还敲锣打鼓送来了锦旗，我感到了莫大的安慰。

然而，对"认认真真，老老实实"这句话，我也曾深深地怀疑过。曾几何时，"与时俱进"这句话成了时髦，似乎世间万物一切的一切都要一刻不停地"与时俱进"。"与时俱进"固然没错，但有些东西还要不要坚持？譬如"认认真真，老老实实"。"与时俱进"讲究的是变通、灵活，言下之意往往是"不能再老一套了"，而"认真老实"强调的是固守、坚持，二者确乎有些相悖。于是乎，一些人认为，再凡事都要"认认真真、老老实实"已不合时宜了……的确，现实中大量的事例也告诉我，一些不那么认真老实而长于灵活变通的人，如弄虚作假者、谄上欺下者、损公肥私者等等，确实都在很快地"与时俱进"着。他们当中，原来的下属已成了同事，原来的同事已成了上司，原来的上司成了更高的上司。而那些坚守"认认真真老老实实"的人，却固步不前，面目依旧，真的应了当年老师的那句话：板凳要坐十年冷！于是，我对"认认真真，老老实实"这句我一直奉为金科玉律的心中校训，产生了大大的怀疑！有一件小事，当时给我刺激很大。那年春节，我回老家过年，小时候的一个朋友领着一个年轻人找到我，说是他的远房外甥，在一个乡镇当副书记，八年了，还看不到提拔重用的希望，他说我是他认识的最大的官了，要我给年轻人指点指点。我看年轻人一副正派老实的样子，便真诚地开导他，不要急，要耐心，只要认认真真……老老实实……就会……话没说完，我的朋友却急眼了："你这是干吗呀！说这话你不是害他吗？！他不就是因为老老实实才八年没'挪窝'吗？现如今，哪个认认真真老老实实的能够……"我惊住了，惊愕中我竟无言以对！我确实无法对他进行反驳，我突然感到我再做任何的说教都将会是"真理面前的谎言"。同时我竟立刻记起过去常说的那句话,"群众手中有真理",我的朋友是个普通职工,地地道道的基本群众,难道、难道真理真的是在他手中?在"真理"面前,我心中的校训竟显得如此脆弱不堪!我心中充满了沮丧和疑问。

疑虑也好,动摇也好,但从小接受的教育,老校长的训诫,恩师们的耳提面命,已深入到骨髓,融汇到血液,岂能轻易抹杀得了、改变得了?改是改不了了,也不愿改了,爱咋地咋地吧。好在,这几年也有大量的事例从另一个方面教育着我:前面所说的那些长于灵活变通者们,虽然"与时俱进",但很多已进到"里面"——牢里面去了。可见,我心中的校训,虽然可能有些局限性,但她确能使你立于不败之地呢。

这就是我心中的校训——"认认真真读书,老老实实做人"。她虽然没有现在的校训那样富有文采、匠心独具,但似乎更能令人信服、牢记和自觉遵循。而且我还坚信,如果没有"认认真真读书,老老实实做人",哪来的"学无止境,气有浩然"?

"给个县长都不换"

"给个县长都不换"，这是当年我们在建筑工地上常说的一句话，一句自我调侃的俏皮话。一般是在紧张地干了一番活儿以后，听到工头吹响了休息的哨音，大家放下了手中的工具，端起茶缸子咕咚咕咚喝一阵子水，擦擦汗；如果是夏天，就在南墙根儿下的阴凉地里找几块砖垫在屁股底下坐下来；如果是冬天，则在北墙根儿下太阳正晒着的草苫子堆上斜躺下来；然后舒舒服服地伸伸腿，深深地呼吸一口气，说一声："嗬，真是给个县长都不换哪！"表达的是那种"舒服极了"的感觉。

这句俏皮话是我们工地上张老头的原创。张老头本来是个卖糖球儿（糖葫芦）的。他的糖球儿可是有口皆碑，里面的山楂是甜的糯的（不像有的糖球是酸的硬的），外面裹着的薄薄的糖皮儿是焦的酥的，每串糖球儿的顶上还都蘸出来一片又薄又长的漂亮的"翅膀"（这可是张老头的绝活儿，一般人是蘸不出来的）。人们最津津乐道的还是张老头的叫卖吆喝声。其实他的吆喝很简单，就两个字："糖球儿——"声音也并不聒耳，却能传出去很远很远。有人说，他在城的南门口吆喝一声，北门口都能听得清清楚楚，这是功夫！张老头卖了大半辈子糖球儿，但那几年"割资本主义尾巴"，糖球儿不能卖了，就加入了我们的建筑队。老头生性风趣幽默，俏皮话出口成章。他的俏皮话与众不同，不黄不脏，还饱含着一些能让你琢磨老半天的某种道理。所以他的很多俏皮话都在工地上流传，而这句话传得最广，大概是因为大家都有累了以后歇下来的那种"比县长还要舒服"的切身体验，都能够引起共鸣的缘故吧。有一次我故意问张老头："大爷，您是当过县长还是认识县长？当县长真的就那么舒服？"老头笑了："哈，没吃过猪肉还没见过猪跑？爷们儿，没见过戏台上的七品县官儿吗？都得用轿抬着！能不舒服吗？……他还不每天都得吃红烧肉？……每天都得吃糖球儿？……嗬，那当然。

……"他一边自问自答，还一边吧嗒着嘴像品味着什么似的。我被他的话逗得直乐。

后来我离开了工地，上学去了，在学校里有时候偶尔还会遇到那种突然松弛下来十分舒服的感觉。比如下午课外活动时间，在操场上跑了若干圈，然后冲个澡，在铺上捧着一本书躺下来，这时候那种舒服劲儿就会又让你想起"给个县长都不换"这句话。再后来，大学毕业，走进了大城市大机关，生活是越来越舒服了，而当年的那种特别舒服的感觉却越来越少了，这句话也自然而然地慢慢忘记了。当这句话再次在脑海里出现时，已是我离开工地十几年以后的事情了。那天，这句话突然间在我耳边响起，让我猛地打了个激灵。

那年二月的那天，我在县人民代表大会上当选为县长。当第一次听到有人叫我"县长"时，我突然记起了这句话，记起了张老头，记起了工地上的工友们，我的心里五味杂陈，后背竟一阵发凉……

也许是性情使然，也许是特殊的成长经历形成的思想情感所致，也许是受到一些革命浪漫主义文艺作品的影响，离开工地上大学的那天，我暗暗起誓：决不能忘记工地，决不能忘记工地上的人们，不论到何时何地，决不能辜负百姓！后来入了党，我意识到我的誓言和党的要求完全一致，就更加坚定了我遵守誓言的信念。所以，大学毕业报分配志愿时，我满怀革命浪漫主义的激情，放弃了去北京大机关的机会，选择了去基层，为的就是能更直接地为老百姓干些事情。然而没想到的是，组织部门从全省选调的150名到基层去的学生中，又选调了10名留在了省级机关，而这其中竟然有我，我竟然又被留在了大机关，去基层的愿望泡汤了！我在机关工作了整整九年，舒舒服服养尊处优了九年。九年中我并没有忘记当初的誓言，但常常为不能直接为老百姓做些事情而感到遗憾，也担心长此以往会辜负当初的誓言，成为一个背叛自己过去的人。于是，我终于下决心向组织上提出了到基层工作的请求。到基层去，到艰苦的地方去，组织上当然是支持的，就这样，我被调到了离我家乡不远的一个小县工作……如今，我居然当了县长，居然堂而皇之地接受别人叫我"县长"！这让我立马警觉起来：县长！？

这不就是当年我和张大爷他们常常调侃的那种"县长"吗？哎呀，我已不再是普通的百姓了，不再和张大爷他们是"一伙"的了，不仅不再是，而且好像还站到了他们的对面！

人们常说"屁股决定脑袋"，这是真理，完全符合马克思主义的观点。如今，"县长"的屁股还能跟张大爷他们坐在一条板凳上吗？还能跟他们同苦同乐，共享那"给个县长都不换"的快感吗？"誓言"还能被忠实地履行吗？我的脑海深处浮现出了一系列的问号和惊叹号。所以，自从当上县长那天起，"给个县长都不换"这句跟我有着特殊渊源的话，就经常在我耳边响起，成了不断敲打着我的"警句"。

在当上县长后的第一个星期天，这句话就敲打着我去了群众家里。头一天下午，我对办公室的马主任说：明天没什么事情，你带我到最困难的乡镇，找一家最困难的群众，我们去看看。第二天上午，我们去了县里最南部一个乡的最南部的一个村，再往前走就是外省了。说好的轻车简从不带随员，结果县里有关部门还是来了三四个人陪着我；到了乡里，又来了三四个，这让我十分无奈。我们去了一家据说是因残致贫的群众家里。男主人是个中年人，腿脚好像不大利索。他见了我们似乎很兴奋，忙不迭地招呼我们坐下，结果大家谁也没坐，只有我在那张脏兮兮的案板桌旁的小板凳上坐下来了；他又忙不迭地从挂在墙上的日历上撕下来几张，使劲地拧擦那几只布满了污垢的茶杯，拧得咯吱咯吱作响；然后他又忙不迭地一杯杯倒满了茶水，一杯杯地端给我们，嘴里还不停地说："喝吧，喝吧，我刚从小卖部买的茶叶"。结果，还是只有我端起来喝了……那天到群众家里去，本没有工作上的任务，只是看看而已。其实，我思想深处，就是想做某种自我检测，没想到，结果搞得心里十分郁闷，好像窝了一股无名之火，说不清是对自己还是对别人不满意。回去的路上，马主任好心地对我说："以后下来，还是自带个茶杯好，卫生。"又说这事怪他，是他不周到。我居然没好气地冲他说："卫生？喝了他那杯水，能死人不？"马主任愣住了，一脸茫然，不知所措。我马上内疚了，其实，怎么能迁怒于马主任呢？他们怎能知道我的所思所想？其实，那杯茶是我是像恨病吃药一样喝下去的……

在这句话的敲打下，那几年我尽可能多地到村里去转转，去跟群众直接接触、交流，我是想尽可能地让群众不拿我当外人。后来，到另一个县当县委书记时，我更是给自己定了个硬指标：每年至少要到村里去住半个月。谁想第一次住村，我就跟县长、宣传部部长、公安局局长、镇党委书记他们争执了好半天。我提出，这半个月的工作由县长主持，除非有重大事情不要干扰我的计划；我提出，这次住村一个字也不报道，不做宣传，也不要向上报告；我还提出，要住在群众家里，等等。一开始，他们对这些意见一概不同意，提出了一大堆问题。先是嫌我住的时间太长，怕影响全县的工作；又担心我不能适应村里老百姓的生活习惯，说哪怕住在镇上也好；宣传部部长还说这么难得的题材，这么有意义的事迹为什么不能大张旗鼓地宣传宣传……我费了好大口舌才算把他们说服。谁知最后，公安局局长一句话，竟又差点把事情搅黄。他说，住到村里安全没有保障！我生气地怼了回去："我们口口声声说是为老百姓服务的，到老百姓当中去反而担心安全，岂不是天大的讽刺！"最后，我还是做了点妥协：为不给群众添麻烦，不再坚持住户，而是住在村委会。

那次住村，收获是多方面的，其中最大的收获就是真真切切地找到了当年的那种"感觉"，而且第一天就找到了。那天晚上，我在村委会里那张板床上躺了下来。正是夏天，床上铺的是一领苇席，就是用湖里生长的芦苇编织的那种，躺上去滑滑的、凉凉的，很是舒服。我索性脱了上衣，光着膀子躺在上面，感觉更加地舒服了。忽然，我感到这舒服的感觉竟十分熟悉……啊，我想起来了：小时候，晚上在村里的场院里扯领破席躺着的时候就是这感觉，在瓜地里的窝棚里躺着看书的时候也是这感觉，后来在工地上，下雨天不能出工，躺在工棚里和工友们海阔天空地穷聊时也是这感觉！这感觉让我立马又想起了张大爷他们，想起了好多好多的事情，也思考了好多好多的问题……后来，我的老领导、省委组织部王部长到县里来搞调研，顺便问起了我住村的情况。我给他汇报了几点感受，第一点就是那"光脊梁睡凉席"的感觉。他一开始没听明白，听我详细解释了以后，他很有感触，说："你这感受是真的，不是瞎编的，难得！"

后来我常常回想，在县里工作那几年，大概是我工作经历中最为心情舒畅的几年，因为当时我时时处处都有一种如鱼得水的感觉。我知道，之所以有这种感觉，很重要的原因是我当时身处百姓之中（起码离他们很近），我能时时处处嗅觉到他们的气息，体味到他们的甘苦，感觉到他们的忧乐；而这一切，又是那么的熟悉，那么的亲切，那么容易地唤起我的共鸣，那么容易地让我回味起张大爷那句话和那种"舒服极了"的感觉。这种感觉左右着我的感情，左右着我的思想，也左右着我的行为方式。有一次，受这种感觉的左右，我竟打破了常规，破天荒地把县委常委会开到了乡间公路上。

那些年，县乡两级财政极端困难，很多社会事业都要靠向群众集资来维持，所以，农民群众负担很重。有一天，我去市里开会，坐车行驶在一条新修的公路上，崭新的柏油路面在阳光下闪着黑黝黝的光亮。不经意间，我突然发现路面上出现了几处坑洼，细碎的石子已被碾压出来。再往前走，又发现了几处。我让车子停下来，下车仔细观察，发现路的边缘破损得更为严重，成片成片的柏油裹着石子已经完全脱落了下来。我要继续往前察看，司机告诉我：不用看了，二十多里路全是这样，这条路彻底完了！当时我就感到全身的血液都往头上涌。因为我很清楚，这条路刚刚修好不到两个月，是按准二级公路的标准修的，所需资金除了上级交通部门支持的一小部分外，绝大部分都是由当地的群众集资而来。群众的血汗竟被糟蹋成这个样子！……我没敢久留，匆匆上车驶去，因为我害怕群众发现了我，他们会揪住我的领口扇我耳光！

　　第二天上午，我召集全体县委常委乘坐一辆中巴驶到了公路现场，我在这里主持召开了一次特殊的专题常委会。会上，大家的心情非常沉重，大家的意见非常一致，会议形成了明确而坚决的意见。会后，会议的意见很快得以落实：工程立即返工，相关人员受到严肃处理，施工方付出代价。事后，有人议论，说这次常委会体现了书记的魄力。我听后哭笑不得：这与魄力毫无关系，这是感情问题！如果不是张大爷那句话常常敲打着我，也许我根本就发现不了这条路的问题；如果某些人对老百姓还有起码的感情，这事就根本不该发生！

后来，我离开了基层，到了市里工作，离群众就远了；再后来，我又到了省里机关工作，离群众更远了。张大爷那句俏皮话虽然还能常常记起，但那种特殊的"舒服极了"的感觉却基本上找不到了。我越来越怀念那种感觉，越来越想重温那种感觉。那一年，在群众路线教育活动中，我不由得回忆起了当年在工地上和张大爷他们一起度过的岁月，以及那几年我在县里工作的日日夜夜。往事如烟，却清晰无误地告诉我：要想做到很好地坚持群众路线，全心全意地为人民群众服务，首要的是必须对群众有深厚的感情，没有感情，一切都是靠不住的；而要对群众有深厚的感情，首要的是必须深入到群众中，去寻找，去培养，还要不断地维护和长期坚守。依据这种体会，我向机关的同志们讲了一次党课。然而，让我有些失望的是，我并没有在年轻的同志们脸上发现我期望的那种有共鸣的表情。其实，这也难怪，如今的年轻人哪还有我当年的那种经历、那种感觉？

如今，我已经退休了，退休好久了。久违了的那种感觉竟又回来了，让我切切实实地感觉到了：如果是夏天，我会穿着宽松的圆领老头衫和大裤衩子，趿拉着拖鞋，牵着小外孙女的手，溜达在南墙根的树荫下；如果是冬天，我会裹着那件带风雨帽的冲锋衣，脚蹬老人鞋，漫步在北墙根下洒满阳光的小道上；然后会随时随地地在路边的连椅上坐下来，跟相识或不相识的老头或者老太太，有一搭无一搭地聊聊天气或者其他，看着小外孙女在身边雀跃嬉戏，不由得会舒服地伸伸腿，长舒一口气，心里说一声："嗬，真是给个县长都不换哪……"

暗　算

县委书记，在很多人眼里，那是极具权威的人物；不管是在文学作品中，还是在现实生活里，似乎永远都是一副威风八面、凌然不可冒犯的模样。我当过差不多三年的县委书记，切身的体会告诉我，事实绝非如此。因为我在任期间，曾不止一次地遭受过戏弄甚至暗算，每次都搞得我颜面扫地，一点尊严都没给留下。谈何威风之有？

到任的第一年，我便遭受了一个小混混的暗算。

一天早晨，我从食堂吃过早饭回办公室，一上楼梯就看见一个年轻人正在门口等着我。年轻人先是热情地跟我打招呼，见我有些茫然，便又自我介绍说他是县工商局的干部×××。我并没有印象，但我想他一定有要事，不然不会一大早就跑过来找我；要知道，一个普通干部要见县委书记那是要下好大的决心的。我让他进屋坐下,年轻人显得有些局促不安,一双手在两腿之间不停地搓擦,好半天才说:"书记,我哥那事……办得咋样了……""你哥?"我有些丈二和尚摸不着头脑,问他:"我们认识吗?""认识呀!"一听我说不认识他,年轻人有些着急了,提高了嗓门,然而很快又有些颓然,悄声说:"其实,我这是第一次见您。但……俺给您过三千块钱哪!"天哪!竟有这事!我意识到这里面一定有天大的误会,便起身给年轻人倒了一杯水,尽可能和蔼地说:"别着急,慢慢说,你什么时候给我钱的。"一听我还是不认账,年轻人真的急眼了。他一着急,说话反而顺溜了,三言两语就把事情说清楚了。原来,他有个哥哥远在新疆工作,家里有困难,想调回老家,于是他便托了一位据说跟我关系很好的朋友。在一个星期天的晚上,他们一起到我家去了,给了我三千块钱,而我则答应他们尽快把他哥哥调回来。如今时间过去很久了,而事情却毫无进展,他便下决心来问个究竟,颇有点兴师问罪的味道。我问年轻人:"是你亲自去我家的?"

"是呀!您家不是住××宿舍××号楼西单元三楼东户

吗?"没错,地址准确无误,而事情的确有些蹊跷。"是你亲手把钱交给我的?"我又问。"那倒不是……"年轻人一边回忆一边说,"是我那位朋友交给您的,他没让我上楼,说是您不见陌生人,让我把钱给了他,由他交给您。"听到这里,我差点笑出声来。事情很清楚了,拙劣的骗术!我心里坦然了,然而也愤怒了,因为我意识到我被暗算了!当然,首先被暗算的是年轻人。我安抚并打发走了年轻人,接着就把问题交给了公安局。很快,事情查清了。原来,年轻人的那位"朋友"是一个劣迹斑斑的小混混,他不知从哪儿搞到了我的家庭住址,便上演了上述那场诈骗闹剧。那天晚上,他真的到了我的宿舍门口,只是没有敲门,更没有进门,而是在我门口楼梯间里连吸了三支烟,然后下去对那年轻人说事情办妥了,而钱则装进了他自己的腰包!

你瞧,荒唐不荒唐,堂堂的县委书记,竟被一个小混混如此地暗算和戏弄,哪还有什么"威风"可言?然而,让人难以忍受的是,几乎是一模一样的暗算并不止这一次。

这一次，我是被一名官迷心窍的乡镇干部给暗算了。

一天，也是刚吃过早饭，在从食堂回办公室的路上，并肩而行的县委组织部王部长有些神秘地悄悄对我讲："嫂夫人安排的那件事，我们尽快落实。""什么什么？嫂夫人？哪来的嫂夫人？"我有些没听明白，忙问。"就是你家嫂子呀，你夫人哪！"王部长明确地说。我越发地糊涂了。我有些调侃地进一步问王部长："我家属？我家属会给你安排部署工作？"王部长憨厚地笑了，解释说："是这么回事，昨天下午，你家嫂子给我打了个电话，推荐了一名干部……我们会认真考察的，只要符合条件，我们会考虑……""什么乱七八糟的，哪儿和哪儿啊！"我根本不相信会有这种事情。我甩下王部长，急冲冲往办公室走去，我要打电话向我爱人问个清楚。电话一接通，立马就真相大白了，果然不出所料，我爱人根本就不知晓此事。我心里坦然了，然而又一次愤怒了，因为我又一次被暗算了！电话还没放下，王部长就推门进来了，他是怕我性子急会在电话里跟我爱人吵起来。一见他进来，我压住满肚子的不高兴，故意冲他一乐："老王，你遇到骗子了。堂堂的组织部部长，被骗了……"看到他一脸茫然，我解释说："打电话的根本不是我家属，我家属根本就不知道此事。是有人给你设了套了。"一听这话，老实巴交的王部长脸都变了，忙不迭地连声说："哎呀哎呀，幸亏向您说了，幸亏向您汇报，不然……严肃查处，一定严肃查处！"是啊，幸亏他向我说了此事，不然，后果真的不堪设想……事情也是很快就查清楚了：那个官迷心窍的人是某乡镇的一名普通干部，做梦都想着提拔。他花了五块钱，让一个在公园门口卖冰棍的大妈，照着他写好的几句话，以我爱人的口气用公共电话给王部长打了一通电话，于是……事情就是如此的简单而荒唐！

正是因为事情荒唐，正是因为骗术低劣，这样的暗算才更让人感到伤害自尊，才让人越发地恼火。这样的暗算也让我闭门深思：如此低劣的骗术为什么能大行其道，为什么能几乎得逞？如果说那位工商局的干部年轻缺乏经验，那老练的王部长怎么也会轻易上套？是环境使然，是不正常的政治生态环境让骗子钻了空子。面对这样的环境，你再信誓旦旦地说你清正廉洁、一尘不染，说你大公无私、任人唯贤，别人只当喊口号，谁信哪！这，才让我真正地感到悲哀！

如果说这两次小小的暗算只不过是鸡鸣狗盗之辈的低劣伎俩，虽然让人气愤，却也不必过于耿耿于怀的话，那么，有些欺骗和暗算竟然是打着冠冕堂皇甚至是高尚的旗号进行的，让你明知是陷阱而不得不跳入，而且还不能自拔，这才更加地悲哀和无奈。而这样的暗算我遭遇了也不是一次两次。

也是我到任的第一年。三夏之前，按照惯例，县里要举行一次生产观摩会。就是聘请一两位农业专家特别是小麦生产方面的专家过来，组织县直和各乡镇的干部一起，走马观花地看看各乡镇小麦的长势，由专家现场估估产量，然后热热闹闹地开个会，县里领导和专家分别讲讲话，县里电台电视台再连续地播放播放，其目的是制造气氛，提高士气，给即将到来的紧张而繁忙的夏收工作预热一下。当年的生产力水平远没有今天这样发达，小麦的收割、搬运、脱粒、储藏全部靠人力，不像现在一切都实现了机械化。整个夏收时间紧、任务重,而且劳动强度极大,是一场硬仗,所以提前宣传宣传鼓鼓劲,搞些这样的活动是十分必要的。我原来工作的县也搞过,一般由分管农业的副县长出面就可以了。但是,这是个农业大县,又是个多年的农业生产先进县,而我又是刚来,所以我决定亲自参加一下;何况,今年请来的是某大学的一位著名专家,按理我也要陪一陪。活动进行得很顺利。走到一块长势很好的麦田跟前时,有人还拉着我和专家走到麦田中间,冲着摄像机拍了一些镜头,而且,还非让我掐一把麦穗放在手里搓一搓,又扔几颗麦粒放在嘴里咬一咬。我知道这是宣传工作的需要,尽管感到装模作样地有些可笑,还是很乐意地表演了。然而,在从麦田里走出来就要上车的时候,那位专家拉住了我,扯着我的袖子走到一边,郑重而又悄声问:"书记,您给我交个底,今年的单产您想定多少?""嗯?"我一时没有反应过来,继而恍然大悟了:这是要按照我的意志来估产呀!怪不得老百姓从来不认可我们每年通报的产量……岂有此理!我有些恼火。然而,我面对的毕竟是"著名专家",而我也毕竟不是一般人员,我们大家都不能下不来台；何况，正在进行的是事关全县三夏大局的重大活动，是一场隆重的大戏，这场戏也不能塌台。于是我只好冲他尴尬地笑笑，拍拍他的肩膀，什么也没说，然后掉头而去……

也许，说这种行为是暗算有些言重了，但说这是赤裸裸的行骗是毫不冤枉的。在这种以冠冕堂皇的名义进行的骗局里，最初我和广大公众一样也是无辜的受骗者，而在骗局进行的过程中，如果我不能及时识破骗局，或者不能坚持起码的良知，便会落入套中，在不知不觉中也成为行骗者，甚至还会是主角！这样看，这不是暗算又是什么？而且，即使你识破了骗局，坚守了良知，又能将如何？你能当众戳穿这"皇帝的新衣"吗？你不能！因为你毕竟不是天真无邪的孩子。而且，在这场骗局中，你找不到主谋，你能把账算到那位专家或者会议的组织者头上吗？显然也不能！所以，这样的暗算，更让人无奈，因为你无从招架！这样的暗算也更让人悲哀，因为你在上当受骗的同时也会自觉不自觉地行骗，无形中丢失自己的原则、尊严和人格！

比这更让人受伤的还有，暗算中还隐含着强迫。

事情发生在我就要离任的那年。一天，县长到我办公室来，说有要事相商。县长是一位非常优秀的年轻干部，突出的优点是务实，我笑称他是坚定的"实事求是主义者"，我很赞赏和钦佩他。那天，他告诉我，某上级机关要求我们申报××工作先进县，而他认为我们县不太够格，因为我们连基本的条件都不够。县长说的情况我很清楚，我知道这项工作有很多硬性的要求。比如，每年要拿出财政总收入的2%投入该项事业，否则不能达标；而我们县当时的财政收入连教师、干部的工资都保不住，连老干部们的医药费都付不起，怎么可能拿出这么多钱投到这项事业里？仅此一条，不要说先进，我们连达标都不够格。我完全同意县长的意见。我们商定：我们要实事求是地向上级说明情况，表明我们的态度，不再申报先进，我们会努力工作，等过几年符合条件了再说。然而，仅隔了一天，上级主管部门的回复来了，意见明确而坚定：不同意我们的意见，我们县必须要申报先进，因为我们不能拖全市的后腿！全市12个县区，只差我们一个县不是先进了！上级部门还指示说，过两天就派一个专门的工作小组过来，帮助我们整理申报材料，一定要让我们县评上先进！得，我和县长再怎样坚定地坚持"实事求是主义"都无济于事了。而且，那样还会显得我们不仅"不通情理""不识时务"，还"不讲政治"。于是，一切按照设计进行，一切都畅通无阻，一切也没有悬念和意外，就在我离任前不久，我们县被评上了××工作先进县，全市实现了"一片红"。

事情到此并没有结束。没隔多久，我接到通知：我被评为"全国××先进工作者"！因为我们县已经是××工作先进县，县委书记当然是先进工作者……那一刻，我内心陡然掀起了巨大的波澜，久久不能自已。我心中充满的绝不是兴奋，绝不是喜悦，而是沮丧，还有屈辱！因为我分明感受到又一次遭遇了暗算，暗算中还有欺凌和戏弄……

还有，还有……

你说，遭遇了这一切的县委书记还谈何尊严和"威风"？你说，遭遇了这一切的我，能不耿耿于怀吗？！

茶　杯

我喜欢喝茶，我们家里的人都喜欢喝茶；其实，我们家乡的人几乎人人都爱喝茶。我看过一份计划经济年代的资料，据当时的烟酒糖茶公司统计，以县市为单位，我家乡那个小城市，每年的茶叶消费量居全省第一。家乡的人不仅爱喝茶，而且喝茶很讲究，只喝绿茶，不喝其他茶。这在北方是很少见的。

我的老母亲喝茶就很讲究，特别是我们家的经济条件慢慢好起来以后，她老人家就只喝龙井，不再喝其他茶。那年，我在省城刚分到了新的宿舍，便接母亲来住一段时间。母亲要喝茶，我去买茶叶，但泉城人主要喝花茶，所以我跑了好几个茶叶店都没买到龙井（那时的条件自然跟现在没法比），只好买了一包上好的茉莉花茶回去。母亲不肯喝，还说，这是喝茶呀还是喝花？她老人家是嫌花香遮去了茶的香味。后来我爱人不知从哪儿搞到一包临沂绿茶（那时日照还没从临沂分出去，所以日照茶当时叫作临沂茶），母亲勉强喝了，但又说，这茶喝了口干！

我姥姥喝茶比我母亲还要讲究，有很多道道。即便是在我们家生活最困难的时候，姥姥仍然每天都要坚持喝茶。那时候姥姥带着我靠糊火柴盒为生，糊一天盒子挣不了两三毛钱，但姥姥却舍得隔几天就拿出一毛钱来，让我到小卖部去买一包"大方"回来，她每天都要泡上一壶。逢年过节，我的舅舅会给姥姥带一小包"旗枪"来，姥姥便如获至宝。那时候物资匮乏，不要说小卖部，即便是百货大楼里也见不到龙井，绿茶只有旗枪和大方。旗枪虽然比龙井差得远，但比大方要好得多，所以姥姥很是珍惜，她把茶叶包放进一个豆绿色的大口瓷罐子里，隔几天才肯拿出来品尝一次，平时还是只喝大方。然而姥姥喝旗枪时却又很"浪费"，每次下茶叶明显会比大方下得多。我问姥姥这是为什么，姥姥说，这叫"细茶粗喝，粗茶细喝"。她说，越是好茶叶越要多下一些，不然味道不足；越是不好的茶叶越要少下，不然味道会发苦……

旗枪快喝完时，姥姥舍不得多下茶叶了，便让我去干鲜果店里花几分钱买几枚青果回来，每次沏茶时她会拿出一枚，轻轻敲碎投入壶中，再放些许旗枪，然后注入开水。过一会儿她会倒出半杯品一品，然后满意地说，嗯，有点龙井的味道了……我尝过，口舌间果真会有一股厚厚的醇香，和不放青果的确是不一样的。

我很有些纳闷，姥姥家几代都是典型的城市贫民，我姥爷生前不过就是戏园子里一个卖门票的，旧社会穷得叮当响，新社会也没过过几天好日子，他们为什么会这么讲究喝茶？这和我爷爷家完全不同。我爷爷家几代都是地主，乡下有不少地，又在城里置了房产，但家里没人喝茶，我爷爷不喝，奶奶也不喝，他们不仅不喝茶，连白开水也不喝，而是喝蒸馒头锅里的馏汤水。我问姥姥，姥姥一脸鄙夷地说，因为你们家是乡里人！

姥姥说得没错，喝茶是城里人才会有的习惯。而我们这座小城，因其特殊的历史、特殊的文化、特殊的民俗才酝酿出了这个小城的市民们特殊的喝茶习惯。我的家乡是京杭大运河由南向北进入山东以后流经的第一座城市，加之这里是运河全程地势最高之处，南来北往的船只都要停下来过闸，所以这里又成了运河进入北方后最大的码头。码头上接收的最多的则是苏杭一带的货物和客商，因而，久而久之，这里的一切都染上了江浙文化的色彩，其中最明显的莫过于老百姓的饮食习惯。比如，这里的菜肴少有鲁菜的特点，而是更接近淮扬菜；这里的糕点都是苏式的，月饼都是酥皮的；就连这里的咸菜也都带着甜味，著名的百年老店玉堂酱园就是姑苏人戴玉堂创建的，招牌上就写着"味压江南"几个字……所以，这里的人们爱喝茶，而且只喝绿茶，和苏杭人一样，就不令人奇怪了。

然而，我们家乡毕竟不是苏杭，并不产茶叶，喝的茶叶都要从苏杭运来，价格当然要高，所以，对一般人家来讲，喝茶也是一笔不小的生活开支。因而，在那温饱都没有解决的年月里，人们喝茶也不可能过于讲究。比如，当年我在建筑队当小工的时候，虽然工地上家在城里的都随身带着一个大号的搪瓷缸子沏茶，但里面泡的大多是茶叶末，连大方都很少；虽然有几个人喝茶也特别讲究，但也顶多是在大茶缸子里多放一颗青果而已。哪有现在的这些讲究！

改革开放以后，随着经济的发展、生活水平的提高，家乡的人们喝茶开始真正讲究起来了。特别是在一些热衷于"弘扬传统文化"的人身体力行的带动下，喝茶这一本来俗而又俗的普通市民的普通生活习惯，竟然登堂入室成了"雅文化"。我就接触过一位老兄，本来是个木匠，不愿意干木匠活儿了，便去倒腾了几年茶叶和茶壶，发了点小财，就又牵头成立了一个什么茶文化研究会，后来竟被一所大学聘去开了讲座，专题讲授"中国茶文化"……总之，如今在我的家乡，喝茶这一生活习惯的确要比过去升级了不少，其讲究的程度自然也超过了以往任何时候。

其实，喝茶最先讲究起来的，并不是那些"传统文化的弘扬者"们，而是各级干部，这些人才真正是饮茶时尚潮流的引领者，是他们不约而同地率先"恢复并弘扬"了只喝龙井的"传统"。然而他们又并不像"弘扬者"们那样张扬，只是在办公室里，有熟悉的客人来访时，才会从抽屉里拿出一个精致的茶叶盒，给客人沏上一杯，然后似乎漫不经心地说上一句："尝尝，明前，真正的明前茶"。当然，这也是经济条件刚刚好转时的状况，随着时间的推移，龙井逐渐普及了，他们也就不那么矜持而郑重了。当然，各级干部中并不都是本地人，不是本地人的干部起初也并不只喝龙井，所以有一段时间铁观音、大红袍甚至临沂茶之类也流行了一阵子。然而很快，还是被龙井"垄断了市场"，外地来的干部后来也只喝龙井了。因而有人感叹：文化，文化的力量的确是无穷的！

　　我爱喝茶，是从小跟姥姥和工地上的人们养成的习惯，但那时我年纪尚轻，还不具备独立喝茶的资格，只是蹭茶喝而已，虽然也"积习成弊"，但也谈不上什么讲究不讲究。后来上大学，喝茶的习惯中断了，因为总觉得一个"以学为主"的学生，整天抱着个茶杯成何体统？再后来，毕业到了机关工作，开始正儿八经地喝茶了，而且和看报纸一样，成了当时每天上班的"标配"。但由于身处省城，不是在家乡，所以并不只喝绿茶，更不会只喝龙井，而是什么茶都喝，有什么茶就喝什么茶。只喝龙井，还是调回到家乡工作以后的事情。后来我的"只喝龙井"，除了"文化力量"和"市场垄断"的原因之外，还因为我有特殊的龙井供应渠道——我大学里的一位同学沈君，已是杭州颇有成就的企业家，他知道我到了基层工作后，便每年都会在清明节前后，给我寄一大包"真正的明前"，里面的每一小包都用锡箔纸真空包装着，这足够我和母亲喝整整一年的了。喝习惯了龙井，的确不再喜欢其他的茶，因为我觉得龙井像极了酒中的茅台：其香浓而不烈，其味厚而不重……而且，喝了真的不口干！

爱喝茶的人都爱茶具，这是不言而喻的。我姥姥就特爱她那把写有"可以清心也"五个字的白瓷茶壶（小时候的我也喜欢这把茶壶，因为围绕着壶身的这五个字，不论从哪个字开始读起，都能形成完整的句子，而且其意不变，我觉得很有意思）。茶壶似乎年龄很大了，壶盖上已钉了两个铜的钯锔子，壶嘴也包上了铜皮，但姥姥舍不得换掉，她说这壶已成了宝贝，里面已经长出了"茶山"。母亲喝茶则只喜欢用瓷的盖杯，但只用杯子不用盖儿，她说盖上盖儿会闷坏了茶叶，而且还嗅不到茶香。母亲最喜欢的是一只描着一条青龙的青花瓷盖杯，景德镇产的，她老人家说用龙杯泡龙井，很搭配。我也喜欢用盖杯，特别是在机关工作的那些年。那时候每天早上来到办公室，打来开水后，第一件事就是先用盖杯泡上茶，然后再坐下来看报纸或者干其他。我常用的是淄博产的那种叫作骨瓷的盖杯，淡淡的颜色，描着更为淡淡的若有若无的细细的花边，显得那么雅致，和报纸同放在办公桌上，是那么的协调、和谐。我想这才是真正的"很搭配"。试想，如果放在办公桌上的不是一只盖杯而是一把茶壶，哪怕是最好的紫砂茶壶，也会大煞风景的。后来，回到家乡基层工作以后，不知从何时起，我又喜欢上了一种精致的玻璃保温杯。

基层和机关是不一样的，基层的干部在办公室的时间是很少的，他们常常要到农村去，到工厂去，到外地去，到各种各样的会场上去，再用盖杯喝茶显然就不方便了，更不要说是茶壶了。所以，不知何时而起，也不知是谁带的头，大家开始使用各种各样的玻璃罐头瓶作茶杯。这真是个"金点子"般的创意：罐头瓶密封好，便于携带，而且属于"废物利用"，端在手上显得既朴素又大方，很符合干部的身份，"很搭配"；加之其造型各异，更是便于争奇斗艳……我刚到家乡工作时，正是各种"罐头瓶"流行的时期。所以下来后不久就听到老百姓编的一段顺口溜："领导干部下基层，一人一个罐头瓶，罐头瓶不值钱，里面的茶叶上千元。"我听后苦笑不已，苦笑之余又不得不叹服群众的"幽默"，不得不叹服群众那"雪亮的眼睛"……记不清具体时间了，一天，办公室的同志在我办公桌上放了一只细高的玻璃杯。这只杯子晶莹剔透，杯身描有两条小小的鱼，注水以后两只小鱼像是会游动，煞是可爱。办公室的同志介绍说，杯子是兄弟县的同志来走访时赠送的，是水晶玻璃做的，双层，保温，盖儿上有特制的胶垫，拧紧后滴水不漏；还说，别小瞧这杯子，身上有几十项专利，是一位农民企业家发明的；还特别郑重地介绍说，这位农民企业家已被提拔为县级干部啦！听到这里，我不由生出了"英雄造时势、时势造英雄"的感叹（其实，何止是"县级干部"！若干年以后我又听说，这位农民企业家已经到北京当上了副部级干部啦）！然而，不管是谁发明的，杯子的确是好，不仅外观精致漂亮，而且保温，不烫手，便于携带，特别适合下基层或者外出开会使用。所以，这种杯子很快取代了各种罐头瓶，在各级干部中普及开了。

不过，我是不会带茶杯下基层的。这倒不是因为那"顺口溜"的缘故，而是因为我刚从机关下来的时候就曾给自己立下了一条规矩：不管走到哪里，只要是在群众中间，就要跟群众坐一条板凳，喝一壶茶。我当然知道用自己的杯子更卫生，但我忘不了当年在工地上一个大茶缸子在大家手中传来传去，你一口我一口尽情畅饮的情景，那时候也没见谁因此而得了什么传染病。其实，我内心深处是怕自己忘本，怕自己背叛，而忘本和背叛，我认为是人生最为可耻之事。这是我的一个心结，如果不是如此，我也不会请求组织上将我从大机关调到基层来工作了。当然，用谁的杯子喝水毕竟是件小事，没谁会在意，但我在意。

我也不会把茶杯带到各种会场上去，尤其是我坐主席台上的场合。不知从何时起，各种会议开始之前，会场上总会出现一道引人注目的"风景"：几个年轻人，或高或矮，每人手里都端一个水晶玻璃茶杯，他们鱼贯而入，鱼贯而上，到主席台的每一个座位前，小心翼翼地将茶杯放好，然后又鱼贯而退，就像古装戏曲里将相出台亮相前的"龙套"。这些年轻人是将要在主席台就座的各位领导干部的秘书们！每当看到这一幕，我就像吃了只苍蝇，心里极不舒服，因为它让我想起封建社会里的"书童""家奴"（而那些领导干部竟真的把自己当成了老爷）！这种人性的堕落和文明的倒退跟现代社会是多么地格格不入！所以，当我也配备了秘书以后（其实我们这个级别的干部是不应配秘书的），我嘱咐他的第一件事，就是任何时候都不要为我提包端茶杯。小伙子当时听了一头雾水，我也不想过多解释，我是怕伤了年轻人的自尊。

尽管我从不把茶杯带到基层和会场上去，但我的确喜欢这楚楚可人的双层水晶玻璃杯，一人在办公室的时候，我会静静地把玩，久久地注视着那片片茶叶在杯子里上上下下时沉时浮……这种杯子我一直用到退休。

退休以后，我更爱喝茶了，上午下午都要喝。因为是在家里，没有了这种那种的顾忌和约束，所以我也可以随心所欲地使用各种各样的茶具了；而且，渐渐地，我竟又喜欢上了紫砂小茶壶……

乡镇书记老潘

那年五月,我由县长岗位上调到另一个县担任县委书记。这是个农业大县,一切以农村工作为中心,到任时又正值"三夏"即将来临,各项工作正忙得热火朝天。然而来到没几天,我还是急于要抽时间下去走走。因为我知道,要想尽快熟悉情况,莫过于亲身到基层去看看,哪怕是走马观花,哪怕是浮光掠影。比如,你行驶在公路上,沿途看看庄稼的长势,看看水利设施的完善程度,看看道路的养护状况,就能大体感觉到这里干部的工作力度;你穿街走巷,看看村容村貌,看看老百姓的柴火垛垛得是否整齐,就能大体体会到这里的民风民俗和文明程度如何;如果你能遇到几个群众,站下来跟他们聊聊,那就更好,因为不用几句,就能直接得知百姓的情绪以及干群关系怎样。这是开座谈会和听汇报难以得到的。更何况,有时候你还能有一些意外的收获。那天下去，我就遇到了一桩从未遇到过的新鲜事。

那天下午，我和司机小王一路来到了县域最西北部的那个乡。这里处于两市三县结合部，听说过去是有名的"三不管"地界。正行驶间，看见不远处有一队放了学的小学生正雀跃前行，我便招呼小王把速度慢下来。就在车子将要驶近他们时，突然看到小学生们停下来了，齐刷刷地立在了路的两旁，而且开始双手鼓掌，掌声整齐而响亮。我愕然了，是冲我们鼓掌吗？为什么？小王笑了，说："这是乡里统一要求的，见了各级领导要鼓掌欢迎。坐小汽车的肯定是领导嘛！"

"咦，这学校！"我心里想：教育小学生从小讲文明礼貌是好的，但也大可不必如此嘛！这工作力度也忒大了点……我们继续前行，在路过一个村庄时，看到前方有两个老汉正立在路旁说话，就在我们慢慢驶近时，他们突然转过身来，冲着我们开始鼓掌！咦！这真是奇了怪了！小学生鼓掌情有可原，是学校教育的结果，而大人也如此，这到底是哪门子事？小王告诉我："大人孩子都要鼓掌，这是乡里统一的要求，是乡党委潘书记的要求。""过分，太过分了！"我开始有些恼火。要知道，那个时期"三提五统"、计划生育、棉花收购三大任务压得基层干部直不起腰来，也压得农民群众叫苦不迭，一些地方的干群关系已十分紧张，这种情况下还搞这个，群众能愿意？简直是莫名其妙！这个老潘，真胡闹！

这个老潘我有点印象，我刚来那天跟大家见面时握过一次手。此人虽然长得五大三粗，但穿着还算整洁，举止还算稳重，鼻梁上架着一副眼镜，还透着几分斯文，不像是个莽汉呀。我刚要想问小王对这个老潘印象如何时，小王却主动地介绍说："这个潘书记可是个名人，全县无人不知无人不晓，有些人觉得他不咋地，也有人觉得他了不起，可本乡的老百姓都说他好。"接着，小王边说边笑地给我讲了一件趣事。他说，有一次有几个农户在对面邻县的镇集上买了假化肥，吃了亏，便邀了一帮群众扛着权耙笤帚扬场锨到乡里上访，扬言说如果乡政府不管，他们便去邻镇把集给砸了。老潘听群众说完以后，二话没说就进了广播室，用高音大喇叭对着相隔不到二里路的邻镇就喊上了：

"对面××镇卖假化肥的混账王八蛋，你们听着！我代表，××乡，三万六千名群众，操你们祖宗……"小王讲到这儿就已经笑得上气不接下气了，只得停下车子，一边笑还一边断断续续地说："还，还……还代表群众操人家……哈哈哈……"我也忍俊不禁，但又哭笑不得。我问结果如何，小王说："还能如何，上访的老百姓一听这个全都乐坏了，欢天喜地地回去了……他们其实为的就是出口气嘛。"咦，这个老潘，荒唐固然荒唐，但能把一场可能演化为群体暴力事件的集体上访轻松化解，也不简单！我想，我应该尽快见见这个老潘。

过了一段时间，我把手头上的一些急事要事处理妥当，便决定拿出几天的时间深入到基层搞搞调研。这次不再是走马观花浮光掠影，而是要深入几个点去"解剖"几只"麻雀"。第一站我决定去老潘那，我要先会会他。于是，一个下午，我带上办公室的秘书小刘，事先没打招呼，直奔那个乡而去。

驶进乡里不久，路过一个村庄，我突然听到有牛的叫声，而且好像不是一头两头，是好多头。小刘告诉我这个村里有一个养牛大户。我心里一动：这正是这些日子我心里一直在想的一件事呀。这些年，这个以农为主的人口大县几乎把全部的精力都投放在了种植业上，提出来的口号就是争创全国粮棉大县。然而，单一的经济结构和相对较低的粮棉效益却使农民的收入连年止步不前。因而当务之急是要改变全县的农业结构，搞多种经营，切实增加农民收入。而要引领农民群众进行这样的变革，空口说教是没有用的，最好的办法是典型引路。于是我决定到这个养牛大户那里去看看。

养牛大户的牛养在一个大院子里，沿着院子的三面墙是一个U字形的牛棚，棚里拴着二十多头鲁西黄牛。以现在的眼光看，这养牛场既简陋又不成规模，可在当时已是十分罕见的了。"养牛大户"是一个四十多岁的汉子，交谈中一直有一种掩饰不住的兴奋和喜悦，不停地搓着那双大手。他说他现在每年养牛的收入比过去只种地强多了，多十倍还多，他说他养牛养了三年了，是潘书记动员他养的牛，是潘书记帮他贷的款，是潘书记帮他选的良种牛，是潘书记帮他联系的客户，是潘书记……他还说潘书记让他帮村里的其他群众也养牛，要全村都养牛，他说他已经带动了五六户开始养牛，而且每户都有七八头了……听了养牛大户滔滔不绝的介绍，我对老潘又有了新的认识，心想：这个老潘不赖呀！

刚走进乡驻地，就发现有一家小工厂，门口不停地有车辆进进出出，还能听到厂里面机器的轰鸣声。小刘告诉我，这是家制锨厂，也是潘书记的得意之作，是他一手操办起来的。他从当铁道兵时的战友那里搞来废弃的钢轨作原料，轧制成铁锨，再卖到战友的工地上去，效益一直很好，乡里的干部教师发工资全靠它了。小刘还说，前几年"村村点火户户冒烟"大办乡镇企业的时候，每个乡镇都有这样的企业，但现在基本上都垮了，像锨厂这样能正常经营还能有效益的，绝对是一枝独秀。小刘的话，触及了一个在当时非常敏感而又沉重的话题。像我们这样偏远闭塞而又缺乏基础的农业县，应走一条怎样的工业发展之路？尤其是对乡镇企业，是全面开花还是重点突破，的确需要统一思想。我心有所思，便没有吱声，也没有下车，司机径直把车开进了乡政府大院。

所谓的乡政府大院其实就是两排平房，院子很小，停车都有点困难。然而，大门口却矗立着一面偌大的影壁墙，鲜红的墙面上描着五个金色的大字"为人民服务"，是毛主席那著名的手迹，让人眼前一亮。小刘悄悄告诉我，这面影壁墙也招来很多非议，有人说"搞得跟中南海新华门似的"。我听了依旧没有吱声。

由于事先没打招呼，老潘见了我难免有些惊讶，但并没有显出惊慌，甚至还有些大大咧咧，没轻没重地跟我开起了玩笑："您这是突然袭击呀……"竟像是老相识，完全没有一般下级见了上级特别是新来的上级的那种拘谨和"诚惶诚恐"，这倒让我们这次的见面从一开始就轻松起来。那天，我们的座谈很顺利，也很愉快。

座谈时，我特意支开了小刘。我喜欢一对一的面谈，因为我深知只有这样才能最大限度地听到真话和实话。然而，交谈不久，我发现我的顾虑对老潘来说有些多余了，因为他根本不是那种不敢讲真话的人。那天我们谈了很多，主要是我听他讲，应该说他讲的很多意见都很尖锐，甚至有些刺耳。比如，他说，这道理那道理，能让农民群众增加收入、能让干部教师领上工资才是硬道理，其他都是"胡扯淡"！光靠"三提五统"从农民群众口袋里掏钱发工资算什么英雄好汉？（我听得出他在炫耀他的锨厂办得好。）他说，越是农业县越不能只抓农业，农业县更需要大力发展工业，不然，财政收入咋上去？社会生产力水平咋提高？（说得好，完全正确，还有点理论高度。）他又说，锨厂总有一天是要垮掉的（这我没想到），这种企业，要科技没科技，要市场没市场，垮是必然的，不垮是偶然的，我们这里搞工业必须倾全县之力搞高水平的大项目，小打小闹是花架子，糊弄人，靠不住！……我听他说的都是有所指，又都很有道理。说实在的，他这些话虽然尖锐，有的同志听了会感到有些刺耳，但是顺我的心思，有些意见甚至是不谋而合。我觉得这个老潘有思想，有责任心，甚至还有点理论水平，不错，难得！真是百闻不如一见，看来，真正认识一个干部还真的要深入接触才行。我开始有点喜欢老潘了。然而，越是这样，我对我看到听到的他那些令人匪夷所思的"荒唐事"越是不能理解，便也没客气，直接问到了他的脸上："听说你在高音大喇叭上骂人？是咋回事？"老潘立马扭捏起来，脸也红了，"嘿嘿嘿"地干笑了半天，才自我解嘲地说："嘿嘿，是语病，语病……跟老百姓一起说话，哪能文绉绉的……再说了，假化肥的事，工商局都管不了，我哪那么大本事。何况，何况还是人家邻县的事。嘿嘿……损失不大，老百姓消气了就行了呗……"他没有否认，看来确有此事，但我能理解和认可他这种解释。我又问："那让群众冲小汽车鼓掌咋回事？"一听这个，他认真起来，急赤白脸地辩白："书记！您是不知道，以前我们有个领导的车被人用砖头砸过，后来车都不敢开出来了！奶奶的！冲小汽车鼓掌总比砸砖好吧！"咦，果然满嘴语病，还有点强词夺理的味道。我还是批评他做得有点过，没想到他回了一句："矫枉必须过正嘛！"嘿，我让他怼得有点不舒服，但我从心里还是暗暗佩服：在这种事情上都能让群众心悦诚服地服从，那得有多高的威信和多么强的工作力度呀！说实在的，我是真的喜欢上这个老潘了。

回去的路上，我问小刘对这个老潘的看法，没想到小刘告诉我，老潘在全县"威信很低"，几乎所有的评先选优都没他的份，有时就连参选市一级的党代表、人大代表都会落选。我忙问咋回事。小刘说，咋回事？大家都不投他的票呗！小刘的话让我陷入了沉思。后来，我又有意无意地跟班子里的同志和几位老同志聊起了老潘，大家对他的看法很是不一。说他好的，认为他是个难得的有责任心、有能力、有魄力、有群众威信的好干部；说他不好的，却认为他是一个极不靠谱、"八不着调"、很不合群、不按常理出牌的"另类"。一位老同志的话更是让我印象深刻："这个老潘，就是羊群里的一头驴！"

  这些不同的意见让我感慨良多，也让我心中充满了警惕：客观地识别一个干部真是难呀，而公正地对待和充分地使用好则更加地不容易。我告诫自己：对待老潘这种"有争议"的干部一定要慎重，切不可只凭个人好恶，更不能先入为主，仅凭一时一事的印象。我要继续观察这个老潘，要在实践中去辨别，去判断，必要的时候给他些考验……很快，一个考验他的机会来了。

  这个县的南部有一个镇，地处交通要道，历史文化悠久，是远近闻名的经济文化大镇，在全县有着举足轻重的地位。然而，近些年来的发展却一直不那么尽如人意。当时突出的问题有两个：一是社会治安差。有一个类似黑社会性质的恶势力团伙，把持着镇上所有的沙塘，控制着绝大部分的运输车辆，为首的头头人称"南霸天"，骑一辆大排量的摩托车，左右各挎一支锯短了的猎枪（当时还没有严格管制枪支，很多人手里都有自制猎枪、土枪），多年来横行乡里，欺压百姓，还身负命案，但公安部门多次抓捕都是无功而返，说是常年逃窜在外，不知踪影。对此群众意见很大，据说有位老乡曾指着一名干部的鼻子怒斥："我们脚底下这块地儿，还是不是你们共产党的天下！"二是经济发展缓慢。尤其是镇驻地，虽然地处国道要冲，发展条件优越，但长期以来不仅工业商业服务业都没有发展起来，而且整个街道破烂肮脏得一塌糊涂。有一次，省里一位退下去的老领导路过此地，惊呼："简直像刚刚轰炸过的二战战场一样！时至今日，还有这种地方！"群众和领导的斥责深深刺痛了我们，县委一班人一致决心要改变这种状况，要让这的评先选优都没他的份，有时就连参选市一级的党代表、人大代表都会落选。我忙问咋回事。小刘说，咋回事？大家都不投他的票呗！小刘的话让我陷入了沉思。后来，我又有意无意地跟班子里的同志和几位老同志聊起了老潘，大家对他的看法很是不一。说他好的，认为他是个难得的有责任心、有能力、有魄力、有群众威信的好干部；说他不好的，却认为他是一个极不靠谱、"八不着调"、很不合群、不按常理出牌的"另类"。一位老同志的话更是让我印象深刻："这个老潘，就是羊群里的一头驴！"

这些不同的意见让我感慨良多，也让我心中充满了警惕：客观地识别一个干部真是难呀，而公正地对待和充分地使用好则更加地不容易。我告诫自己：对待老潘这种"有争议"的干部一定要慎重，切不可只凭个人好恶，更不能先入为主，仅凭一时一事的印象。我要继续观察这个老潘，要在实践中去辨别，去判断，必要的时候给他些考验……很快，一个考验他的机会来了。

这个县的南部有一个镇，地处交通要道，历史文化悠久，是远近闻名的经济文化大镇，在全县有着举足轻重的地位。然而，近些年来的发展却一直不那么尽如人意。当时突出的问题有两个：一是社会治安差。有一个类似黑社会性质的恶势力团伙，把持着镇上所有的沙塘，控制着绝大部分的运输车辆，为首的头头人称"南霸天"，骑一辆大排量的摩托车，左右各挎一支锯短了的猎枪（当时还没有严格管制枪支，很多人手里都有自制猎枪、土枪），多年来横行乡里，欺压百姓，还身负命案，但公安部门多次抓捕都是无功而返，说是常年逃窜在外，不知踪影。对此群众意见很大，据说有位老乡曾指着一名干部的鼻子怒斥："我们脚底下这块地儿，还是不是你们共产党的天下！"二是经济发展缓慢。尤其是镇驻地，虽然地处国道要冲，发展条件优越，但长期以来不仅工业商业服务业都没有发展起来，而且整个街道破烂肮脏得一塌糊涂。有一次，省里一位退下去的老领导路过此地，惊呼："简直像刚刚轰炸过的二战战场一样！时至今日，还有这种地方！"群众和领导的斥责深深刺痛了我们，县委一班人一致决心要改变这种状况，要让这个镇彻底打个翻身仗。而要实现这个目标,前提是要组建一个坚强有力的镇领导班子,首要的是要选派一名得力的"班长"。在这个问题上,大家意见竟非常一致:老潘是合适人选!即使是原来那些认为老潘"八不靠谱"的同志也认为,干这种"急难险重"的活儿,老潘行!然而,在如何实现这一意图上,很多同志竟又大大摇头,看法竟也出奇地一致:老潘肯定不会接受!有位同志说的直截了当:"谁去跟他谈?他那桀骜不驯的个性!再说了,他现在的乡让他经营得跟桃花源似的,让他去接那个烂摊子?让谁谁也想不通!"咦?想不通就不去了?真是奇谈怪论!我决定亲自跟老潘谈。

其实,和那些同志想象的根本不一样,我跟老潘谈得非常顺利。那天,老潘正出差在外,接到县委办公室的电话马上就赶了回来。我开门见山地向他讲了县委的意图,他多少有些发愣,看得出很是意外,然而沉思片刻后,还是明白无误地表示:服从组织安排。那一刻,我很为他高兴,因为他经受住了考验!那一刻,我也松了一口气,因为事情有了一个良好的开端，尽管我也知道，这仅仅是个开端而已。

老潘果然没有令人失望，到任的第一个星期，就把"南霸天"抓住了！那天夜里，很晚了，他拨通了我宿舍里的电话，大呼小叫地向我报喜，并说他现在就在抓捕现场！我问他详情，他在电话那头气喘吁吁地说："奶奶的，这个王八蛋，根本就没离开过家！……我操他祖宗！如果没有保护伞，这些混账王八蛋们一天也活不成，老百姓就能把他们灭喽！奶奶的……这次是我亲自带民警去抓的，那些幕后的混蛋根本就不知道……哈哈，奶奶的！"他一口一句脏话，听得出兴奋得不行。说实在的，我听着这些脏话竟觉得非常顺耳，因为我觉得，这些脏话才是某种真情的流露，这要比那些故弄玄虚的假斯文可贵多了。

紧接着，老潘又来大动作了，他要大兴土木，将镇驻地的主要街道改造成商业一条街。他说：没有梧桐树，哪能引得金凤来？然而，将近三里长的一条街全部旧貌换新颜，还要修路，谈何容易！实践证明，老潘就是老潘，老潘果然不凡，不到三个月，连拆加建，三里长的道路全部加宽翻新，路两旁清一色二层商铺加住户的小楼拔地而起，两百多家大小商户全部入住开业，整个镇驻地简直是改换了天地。当地群众更是欢天喜地，那一段时间，整条街上，鞭炮声从早响到晚……巧的是，当时刚来的省委主要领导同志正好来鲁西南调研，考察了这个镇，还下车随机到几户商家和群众家里聊了半天，并听了老潘的现场汇报。最后，他当场表扬了这项工程和这种做法，还要求新闻单位大力宣传这个典型。这让陪同的市县两级的同志都欢欣鼓舞、兴奋不已。这真是应了老百姓常说的那句俏皮话："泰山不是堆的，火车不是推的，是骡子是马拉出来遛遛，一遛就知道了。"我心里更是高兴，我高兴我们的决策落到了实处见到了实效，也高兴实践证明了老潘，老潘也证明了自己！

然而，在不久后进行的那次领导班子换届中，在拟提拔重用的干部名单上，老潘又一次名落孙山，连圈都没入！这是我万万没有想到的。我征求同志们的意见，很多同志也都表示遗憾和不能理解。我强调老潘的工作成绩突出，这是有目共睹的，但有的同志却分析说：也许问题的症结就在于此。有位老同志说得更明白:"你想,原来他是羊群里的一头驴,现在成了骆驼,那不更……"怎么可以这样!我认为这种现象很不正常,我们有责任纠正它,更有责任为优秀的干部撑腰。于是,我决定找组织部门的同志谈谈。组织部的同志说的也很客观,现在考察选拔任用干部制度程序都很严格,其中最主要的程序之一就是民主推荐,如果大家座谈和投票推荐他的比例不高,说明他群众威信不高,那也是没办法的事情。我心里并不认可这种说法,因为我知道,在真正的群众——老百姓那里,老潘的威信是高的;然而我也清楚,按照制度和程序,老百姓并不参与推荐。于是我只好婉转地说:那不成了唯票取人了吗?组织部的同志说的也很婉转:制度程序也许并不完善,但既然是现行的,那又有什么办法呢?我无言以对。

老潘的事我一直耿耿于怀,有些事情一直令我苦苦思索。我希望老潘这样的干部能够得到重用,有一个好的结果;我希望一些问题能够得到科学合理的解释。

不久,我离开了那个县,进了市级领导班子。在一次研究干部问题的常委会上,我提出了长期思考的一些问题，并举出老潘这个例子。这时，市委主要领导同志说："这个同志我早有耳闻，从不同的渠道都听说过，请组织部再考察一次，纪委参与。如果没有什么问题，可以提拔使用；如果县里不好安排，可以安排到市直部门。"就这样，很快，老潘被提拔到市里一个部门任了副职。面对这样的好消息，我并没感到特别的兴奋，反而有怅然若失之感：这个在我看来十分复杂的问题解决起来竟如此的简单，长期困扰我的难解之题竟如此轻松地有了答案！

后来，我又调到省直机关工作，从此便很少再见到老潘，但电话联系是经常的。他工作中一取得些成绩，便会向我报喜，一高兴了还是会脏话连篇。最近一次来电话是兴奋地告诉我他已因年龄问题退居二线（多年前他就是某部门的一把手了），到市人大任专职常委了。电话那头依然是大呼小叫："我到的是农村工作委员会，奶奶的，农村工作可是咱的老本行，农村的事没有能瞒得了咱的！奶奶的，我得好好地……"我实在有些忍俊不禁：这个老潘！退居二线了还是那样激情澎湃，就跟当年当乡镇书记时一样！

当"吃货"遇上新疆烤肉

从年轻时起,我就是个十足的"吃货"。这倒不是说我多么讲求饮食品位追逐美味佳肴,而是我胃口特好食欲特强,任何食物都能勾起我无尽的食欲,"吃嘛嘛香",一碗少油寡盐的水煮萝卜条也能让我吃得酣畅淋漓。而且,我食量奇大。上大学第二年的暑假,团省委组织了驻济高校的十几名学生骑自行车去北京。第二天中午,我们骑行到河北省的献县,在县委食堂里吃午饭;吃的是炸酱面,用的是当年那种常见的土窑粗瓷大号海碗,比现在的普通饭碗两个还大。食堂的师傅用二尺长的筷子捞一大团面条盛在碗里,再顺手舀上一大勺炸酱,然后将碗从窗口里递出。我接过碗用筷子抄上两抄,"嗖嗖"几口就将面吃个精光,然后再将碗递给师傅,而他第二碗面刚刚盛好。就这样他盛一碗我吃一碗,我吃一碗他盛一碗,我站在窗口没挪窝，一口气吞了六大碗。所有的人都瞪大了眼撇着嘴冲着我乐！

我超出常人的饭量大概是我从小就干重体力活儿养成的。你想，我从十五岁就当建筑工人，一干就是十年，那年月又没什么机械设备，所有的活儿都要靠肩扛手提，不能吃，怎么会有力气干？何况我那时正在长身体。那时候国家实行粮食供应制，虽然特殊关照建筑工人一类的重体力劳动者，月供37斤，但根本不够我吃的。

我虽然爱吃能吃，什么食物吃着都香，但其中毕竟有我的最爱，那就是各种肉类，尤其是羊肉。这大概也是当年在建筑工地上培养成的习惯。当时，我们工地上有一位金师傅，回民，家是城东郊区小金庄的。小金庄的村民曾经户户都以宰羊卖肉为生，这是从祖上传下来的，而金师傅就是宰羊的高手，不论是绵羊还是山羊，只要他用眼上下一打量，再用手掌在羊屁股上一拍一捏，就能准确地估出能出多少羊肉，上下出入不会超出二两。出大力干重活儿的人都嘴馋，那时候我们经常凑个份子，让金师傅去牵只羊来宰掉，用工地上的大锅煮上满满一锅，然后一人一大块吃个满嘴流油……这种对羊肉的美好记忆，在我脑子里始终是那么新鲜那么清晰。所以，多年来，在各种各样的食品中，我对羊肉始终是情有独钟。那年上了大学，第一次约同学出来上街吃饭，就是在趵突泉旁边一个回民小馆里，吃的火锅涮羊肉（那时我是带薪上学，比一般同学都要阔）。

然而，真正领略到羊肉的美妙，还是援疆到了喀什以后。从那时起，我才晓得，以前吃过的那么多羊肉，实在是算不上什么了。

进疆的时候，省委陈副书记亲自送我们到喀什。那天傍晚一下飞机，我们就被接到了喀什宾馆，喀什地委的同志们为我们举行欢迎晚宴。这里的习俗果然与山东不同，是先吃饭后喝酒。晚宴一开始，就先上来各种各样的主食：羊肉拌面、羊肉抓饭、羊肉烤包子、羊肉包馕……几乎都是羊肉做的，而且都是我闻所未闻见所未见的美食。这让我胃口大开，顿时感到口腔里的唾液丰富了起来。然而，为了维护形象，我刻意保持着矜持，抑制着食欲，并没有彻底放开而大快朵颐。一会儿，一位头顶高高厨师帽的厨师，用餐车推出来一只通体金黄的肥羊。啊，烤全羊！我在心里惊呼。虽是第一次见到，但我知道这是新疆最著名最顶级的美味，也是当地待客的最高礼节。厨师用小刀将羊肉一片片削下，再用盘子端给每一位客人。我夹起一小片放入口中，嗯，果然名不虚传，皮又焦又酥，肉则是嫩嫩的烂烂的，还有一种浓浓的奇香，不知是放的什么调料。坐在我身旁的喀什地委组织部的刘部长告诉我，烤这样一只全羊，光香料就要用几十种，头一天就要腌制，要抹上好几遍，不然香味入不进去。紧接着，服务员又端上来一个大大的茶盘子，里面装满了大块大块的羊肉，热气腾腾。刘部长说这就是著名的手抓肉了，跟烤全羊正好相反，什么香料也没放，清水煮的，好吃得很！说着他就真的用手抓起来一大块递给我。我依然有点放不下身架，没好意思用手抓着吃，而是用桌上的小刀切下一小块插着放入口中。嗬，果然是清香满口，没有任何香料的味道，只有羊肉本身特有的香味。我和刘部长正悄悄地聊着，服务员又端上了一个大大的茶盘，里边整齐地摆放着一排用长长的铁签子串起来的烤肉。啊，是烤羊肉串！烤羊肉串可以说是我挚爱中的最爱，我尤其喜欢大口大口地喝着啤酒"撸串"，我感觉那是一种难以比拟的体验，是惬意中带有几分豪迈，是难得的精神和食欲的双重享受。然而此时此刻，面对这新疆的羊肉串，我惊讶了，惊讶不已，因为这也太夸张了吧：我们家乡的肉串都是用细细的竹签串起来的，而眼前的这肉串都是用粗粗的铁签子串的，而且要加倍地长；家乡的肉串每一块不过小手指头肚大小，而且捏成扁扁的，一口就可以撸掉一整串，而这串每一块肉都核桃般大小，一口吃一块都费劲。啊，撸这种串才算是真正的豪迈！面对这样的诱惑，我实在不忍心为了保持矜持而再亏待自己的胃口了，于是毫不犹豫地举起了一串，大口咬下一块嚼起来，立马，就感觉有油顺着嘴角流了出来……我很为自己一开始抑制着食欲而庆幸，不然就很难再吃得下我最爱的这美食——烤羊肉串了。我一边吃，刘部长一边跟我闲聊，他说，新疆人并不称这为"烤羊肉串"，而是称为"烤肉"。"烤肉"？好，"烤肉"比"烤羊肉串"或者"烤串"豪迈多了。刘部长又说，新疆人说豪迈也不叫"豪迈"，而是说"儿子娃娃"。"儿子娃娃"？更好，这比"豪迈"更要豪迈……说笑间我很快吃下去四串，不能再吃了，我想。而这时刘部长却用胳膊肘轻轻触触我，朝着陈书记的方向努努嘴，悄声说：瞧，六串了！我不禁哑然失笑：哈，原来对新疆"烤肉"情有独钟的不光是我……

就这样，从到喀什第一天起，我就不可救药地爱上了这"儿子娃娃"的新疆烤肉。那时，我们吃住都在地委招待所，招待所里设有汉族餐厅和民族餐厅，分得很清楚。援疆干部都安排在汉族餐厅就餐，而我却隔三岔五就到民族餐厅去，为的就是能吃到烤肉。星期天的时候，我还会到地委旁边不远的一家维吾尔族同胞开的餐馆去，因为这里的烤肉更正宗更好吃。如果隔一段时间吃不到烤肉，我真的会有一种怅然若失的感觉。所以，每当我到外地出差或者从山东休假回来，下了飞机第一件事就是坐车直奔那家维吾尔族餐馆，要上十串烤肉再加一碗拉条子，吃他个心满意足心旷神怡！真的，我感到手把着大串烤肉大口大口地往嘴里扒拉着拉条子,的确要比喝啤酒撸串豪迈多了……不过,要说我吃的最为过瘾、最为豪迈的一次烤肉,还应该是在巴楚县的林场。那种烤肉是在馕坑里烤的,是用红柳条子串起来的,每一块肉都有小孩子的拳头般大小,每一串都有两尺多长,即使是我这样的吃货,也吃不上半串。吃这样的烤肉,这样吃烤肉,才是真正的"儿子娃娃"!

我专门请教过刘部长:"为什么新疆的羊肉要比我们那的好吃,而且好吃得多?"刘部长乐了,开起了玩笑,他用那典型的南疆普通话笑着说:"你们的羊么——奴隶一样,圈起来的;我们的羊么——神仙一样,在草原上自由自在。你们的羊么——吃的是饲料,垃圾一样的;我们的羊么——吃的是帕米尔高原上的灵芝草,喝的是昆仑山上的矿泉水。所以嘛,不一样的!"然后他又认真地解释说:其实,这里草原的土壤里富含一种矿物质,叫芒硝,羊吸收了它,肉就鲜嫩,而且没有膻味……

离开了新疆以后,很多年我没再吃上真正的新疆烤肉。本地也有新疆人开的餐馆,也有烤肉,但是相去甚远。我知道，只有再到新疆，才能吃到那种"儿子娃娃"的烤肉。我一直期盼着。

然而这两年我身体却又出了问题。前年，一年中我竟动了两次手术，上腹部和下腹部各挨了一刀。术后女儿为我在北京找了一位大师级的中医，让我吃中药调理，要连吃三年。大师中医唯一的一句医嘱，是让我服药期间不要吃牛羊肉！得，看来我要与烤肉暂时告别了……自此，我谨遵大师的嘱咐没有再碰过我的最爱——羊肉。因为我知道，好好地活着毕竟更为重要。

去年秋天，我竟有机会随省政协的许副主席去了一趟新疆。在乌鲁木齐的第一顿饭居然就遇到了那久违的烤肉，依然是那么异香扑鼻，依然是那种长长的铁签子，依然是那金黄色的大大的肉块，依然是那么的"儿子娃娃"……而我却把头努力地扭了过去，因为我记起了大师医生的嘱咐。然而不一会儿，我又将头扭了过来，忍不住把手伸向了烤肉。因为突然间我又想起了另一个医生的话，是一则流传很广的笑话中的医生。笑话说，有一位仁兄感觉身体不适去看医生，医生问他抽烟吗？他说不。医生又问喝酒吗？他说不。

医生继续问吃肉吗？他还是说不。最后医生说：得了，你不用看病了，你一个男人，不抽烟不喝酒，连肉也不吃，活着还有什么意思？看病干吗么……是啊，我想，这位医生说的才真的有道理，一个人如果连肉都不能吃了，活着还有什么劲！特别是像我这样的老牌吃货遇上了新疆烤肉……

与死神的三次遭遇

死神，人人唯恐避之不及。与死神遭遇？那就意味着濒临死亡，不要说三次，一次都难以承受。可是，有一年，在不到20天的时间内，死神竟然连续三次找到我，每次都是直面扑来……事情发生在2000年的5至6月间。那时，我正作为山东省第二批、第三批援疆干部总带队，在新疆喀什任地委副书记。

第一次遭遇

与死神的第一次遭遇，是在5月17日，发生在哈密。说来有些不可思议，那天恰巧是我的生日，农历的四月十四。当时，我们来自全国十一个省市的援疆干部负责人都集中在哈密开会。会议由自治区党委组织部召集，主要任务是交流情况部署工作。会议的议程头一天已经完成，第二天，也就是出事的这一天，东道主盛情邀请大家去游览当地的景点。我是个摄影发烧友，新疆独特而美丽的风光早就让我向往不已，来哈密前我专门买了10个胶卷，准备利用这次机会尽情地拍摄一番，希望能出几张满意的片子。所以一大早我就兴致勃勃，充满了期待。早饭前，女儿和她妈妈从千里之外的山东老家打来电话祝我生日快乐，我的心情就和那天早上的晴空一样，可谓是"一碧如洗、万里无云"。谁知，刚吃过早饭不久，大家正要集合上车，我的腹部顿生剧痛，不得已，马上去了卫生间。一坐上马桶，便一泄如注。更要命的是，从此便一发而不可收拾，每两三分钟就要跑一次，最后干脆就走不出卫生间……一开始是蹿水，后来连水也没有了，只往外喷气。肚子胀得老高，又鼓又硬，好像要爆炸一样。体温也高上去了，用手一摸滚烫。自治区党委组织部的邵处长是一位干练的女同志，得知我的病情，丝毫没有犹豫，立刻安排哈密的同志：马上送医院！

一到地区人民医院，院长亲自召集会诊，很快就把我送到一座独立的病房小楼进行抢救。医院竭尽全力对我进行救治。想想看吧，兄弟地区的一位领导干部，还是中央派来的援疆干部，病倒在了哈密，如果有个三长两短，那可真是不太好交代。所以，医院的一位业务院长盯在那里，一位护士长亲自护理，地委组织部还派了一位名叫艾赛提的维吾尔族年轻人陪着我，这位英俊帅气的小伙儿还是位副部长。可见当时哈密方面的重视程度。吊瓶一直在打，一瓶接一瓶，可是，高烧却一直不退，始终在40度上下徘徊。下午6点左右，女儿又打来电话，问我玩得开心吗，还说妈妈专门煮了长寿面，她在替我吃……此时我的心里真是五味杂陈，又不能告诉她们实情让她们担心，只好强打着精神又没好气地编着谎话欺骗她：正在拍照哪，不要再来电捣乱……第二天上午10点钟左右，哈密地委书记钱智同志来看望我，高烧依然是39度7。当时我的情绪糟透了，有些烦躁地对钱书记说："老钱，您得让他们首先把我的高烧退下去嘛，都一天一夜多了，不见效果，是不是药有问题，不会是假的吧，不管用呀！"我这话说得实在是很不得体，何止是不得体，简直就是没有礼貌，当时就搞得那位很文静的业务女院长面红耳赤。钱书记也很尴尬，只是不停地说："会好的，会好的！"那时我的心情坏到了极点，二十几个小时的高烧已经烧得我"一佛出世二佛升天"，更要命的是我心里像是着火一样，因为几天后我还要带队出访中亚五国，一切的手续都已办妥，如果不能尽快好起来按时出访，那可是要误了大事情的！其实，当时的情况比我想象的还要严重得多！钱智同志走后不久，医院就下了病危通知书，而且很快就电传到了喀什地委……这些情况当时我并不知道，是后来时任喀什地委组织部部长的刘学虎同志告诉我的。那是几年以后，我早已完成援疆任务回到山东，刘学虎到华东出差顺便来看我。我们聊起这档子事，他还心有余悸地用那很有特色的南疆普通话说："哎呀——我的书记老弟，你是不知道，当时我和姚永锋书记看到电报，全都懵掉个述的了。这可咋办哪，这可咋办哪，山东的带队书记要死在我们这了，这咋跟自治区交代嘛，这咋跟山东省委交代嘛……谁知道，哎，你竟突然好了！"

没错，我的确是突然间转危为安的，很有戏剧性。而且,这个逆转充满了传奇色彩,简直就像古代神怪小说中的情节一样。

那天钱智书记走后,我依然是高烧不退,昏昏沉沉处在半醒半睡的状态,就在我感觉灵魂似乎要出窍了的时候,突然听到有悦耳的女性的声音在说:"听说有位老乡领导病了,我来看看。"我勉强睁开眼睛,朦胧中看到一位白衣女士站在床前,不到40岁的样子。

"老乡?您老家是山东的?……"我有气无力地问。新疆的山东老乡实在是太多了,我心想。"我是山东济宁的,济宁市马庄的。"女老乡的回答简单而明了。

"哦,是真正的近老乡。"我说,"我家是济宁城里的,马庄就在城北郊区,我们离着不到几里路。"我说着便感觉来了些精神,因为这样近的老乡还真是第一次碰到,又是在这样的情况下,可谓是巧遇。女老乡自我介绍说她是本院的中医,姓马,当年她的父亲随王震将军进的疆,她本人是土生土长的哈密人。说话间她便开始给我号脉,又让我伸出舌头瞧了瞧,完了轻描淡写地说:"没事,老乡领导,我回去给你熬副中药,吃下去就会好的。"咦,说得真轻巧,我打了三十多个小时的吊瓶都没见效果，一服中药就能解决问题？但我对这位女老乡的确有好感，再加上人家毕竟是来看望我的嘛，我虽然对她的话有些不以为然，但仍不失礼貌地连连致谢。果然，下午两点钟左右，女老乡医生又来了，端着一个保温的饭盒，她递给我说："喝下去吧，趁热。"正在这时，那位业务女院长急匆匆赶来了，可能是护士长把情况报告给她了吧，院长坚决不让我喝这中药，她说我肠胃正在发炎，喝了会刺激得更加严重。应该说她说得是有道理的，但我不知是出于对老乡医生的好感和信任，还是对院长治疗效果不佳的不满意，抑或是也抱有病急乱投医的心理，反正是我将那碗中药一饮而尽。不可思议的是，半小时以后，我腹内一阵阵咕噜咕噜作响，很快又有了强烈的便意，我挣扎着让小艾部长扶我到了卫生间。这一次拉得真是痛快无比，然而排下来的东西也奇臭无比，熏得小艾连连呼臭！神奇的是，拉完后竟感觉轻松了许多，自己走回了病床。更为神奇的是，烧竟然也退了下来，很快，体温竟然正常了！这时，还不到下午5点钟。晚饭时，一位驻哈密的广东援疆干部专门煲了一大碗羊肉大米粥送来，我狼吞虎咽地喝了下去，感觉那真是世界上最最解馋的美味了。瞧，食欲也很快回来了。不光是食欲，还有精神、力气，统统都很快回到了身上。新疆的天黑得晚，还没到天黑，我竟感觉完全好了，好得像没有得病一样！为了证明这一点，我还在年轻的艾部长面前跳了几下……不能不说这一切真是奇迹。我把这奇迹归功于女老乡马医生，归功于她的那碗中药。

这就是与死神的第一次遭遇，死神把我推到了死亡深渊的边缘，已经让医院判了我"死刑"，下达了病危通知书；然而，上天又派来了天使，让马大夫又将我从死亡边缘拉了回来，让我死而复生。这一切，又是那么地富有戏剧性……

那天晚上，我在哈密医院又住了一宿，第二天一大早，不顾哈密的同志的挽留，执意坐上了去乌鲁木齐的火车。在乌市没有停留，直接去了机场，当晚就飞回了喀什。因为离我带队出国仅有三天的时间了……然而谁又能想到，死神居然又追踪而至。

第二次遭遇

我们那次出访中亚五国,是以喀什地区党政代表团的名义,主要任务是进行经济贸易考察,寻求合作的商机。地委确定我为团长,行署的一位副专员吉尔拉同志为副团长。代表团的成员有十多个部门的负责同志,我们还邀请了山东济宁、枣庄的同志也随团前往。出访的第一个国家是与我们接壤的吉尔吉斯斯坦。因为喀什的近邻克孜勒苏柯尔克孜自治州与吉尔吉斯斯坦有陆路口岸相通,我们便调集了十多部越野车,组成一个车队,准备直接开车过去。

我从哈密回到喀什以后的第四天,5月23日上午,我们的车队浩浩荡荡开过了吐尔尕特口岸,进入了吉尔吉斯共和国的纳伦州。一过了边界,我便感到无比的惊讶,边界我们这一边,一眼望不到头的全是戈壁秃岭,都是兔子不拉屎的不毛之地;边界另一边,翻过大坂,竟是一望无垠的茂盛大草原,蓝天白云下一片碧绿一片生机……然而,此时的这个国家却是相当的贫穷,我们在纳伦州的考察以及后来到比什凯克的所闻所见，让我们大失所望，他们跟我们的发展根本不在一个水平上。

我们在纳伦州的首府纳伦市住了一个晚上，第二天便赶往吉尔吉斯的首都比什凯克。等赶到比什凯克时，死神却也赶到了那里，正等着我们。这个死神可不是虚妄的，而是活生生的现实存在的，他是境外恐怖组织的一名杀手！

那天我们赶到比什凯克时，已经是当地时间晚上10点多，国内应该是午夜了。按原计划我们本应在天黑前晚饭时赶到，因为有比我们早几天到的克州的同志准备好了晚宴正等待着我们。克州的维吾尔族和柯尔克孜族群众有很多在比什凯克做小生意，前些日子，他们的一个市场被恐怖分子一把火烧掉了，克州便派出了州公安局和外办的同志来比什凯克协调处理此事。克州与喀什是近邻，两地关系向来密切而友好，吉尔拉专员又是克州人，所以，克州这几位同志听说我们要来，便事先约好为我们接风洗尘，而且说无论早晚都会等着我们。如果我们按时到达赴约，其时，那个杀手也正在那里等待……然而，一件计划外的小小插曲竟打乱了我们原定的计划,也打乱了杀手的计划。整个事情充满了匪夷所思的蹊跷:我们走到半路上的时候,有个同志对我说,附近就是伊赛克湖,要不要去看看?伊赛克湖我是知道的,世界第二大高原湖泊,著名的风景区,以前是苏联领导人的度假胜地。我问有多远,他说80公里左右。我心想距离不远,来去两个小时多一点就够了,而且同志们难得来一趟,机会难得,于是便同意了。就这样,我们绕路到伊赛克湖岸边停留了一下,比约定的时间晚了三个小时到达比什凯克。正是因为晚到了三个小时,我们这一队人马竟躲开了一场灭顶之灾,与死神擦肩而过。

因为到达时间太晚了,而且大家赶了一整天的路,实在是人困马乏,我们便决定不再去餐馆赴约,而是直接去了驻地——喀什驻吉办事处,准备简单吃点东西,早早躺下休息。而此时此刻,克州的几位同志还在餐馆等候,听说我们不去了,便立马从餐馆往我们的驻地赶,说早晚要见我们一面。就在我们的车队停下后不久,大家卸下行李刚刚进入房间,突然听到一阵枪响。夜间的枪声格外刺耳!不知是有预感还是一种条件反射，听到枪声我和外经办主任王泽猛同志跳起来就往外跑去，王泽猛第一个冲出了门口，出门就看到一辆越野车中弹了，而这辆车正是刚刚赶来的克州的那几位同志的车……当时这辆车中了17发子弹，克州的外办主任当场牺牲，外办党组书记胳膊中了3枪，公安局副局长屁股中了3枪！这就是有名的"5.25"枪击事件！当时境外的许多媒体都做了报道。

事后得知，这个枪手本来是冲着我们这个考察团来的，他事先就埋伏在了克州同志约我们吃饭的餐馆附近，只等我们这一队人马的到来。后来得到情报说我们不去餐馆而是直接去了驻地，于是便又匆匆赶往喀什办事处。在我们进驻之后、克州的同志未到之前，他刚刚赶到并埋伏好。克州的同志一到，于是，惨案发生了……假如我们没有绕道去伊赛克湖而是按原定时间到达餐馆，那么遭遇袭击的一定是我们；假如凶手事先不是埋伏在餐馆而是一直在喀什办事处附近，那么遇险的也肯定是我们。应该说恐怖分子的情报是灵通而准确的，是我们无意中的行动变化打乱了他们的计划，鬼差神使地让我们躲开了死神，却让克州的同志遇了难……后来这个该死的杀手作案后逃到了哈萨克斯坦，在那里又杀害了当地两名警官，当年9月被抓住，供出了这一切。

枪击事件完全中断了我们在吉尔吉斯斯坦的考察活动。出于安全考虑，我国驻吉尔吉斯斯坦大使馆张大使建议我们改签巴基斯坦，他说巴基斯坦对我们最友好，也安全，改签手续也方便。经请示地委和自治区同意，我们安顿好克州的同志，在吉国一位内务部副部长的陪同下，到了比什凯克城北的玛纳斯国际机场，准备从那里改乘飞机飞往巴基斯坦的卡拉奇。

这就是与死神的第二次遭遇，这次更为凶险。没想到，几天以后，死神又来了。

第三次遭遇

在巴基斯坦的几天，顺利而平安。第一站卡拉奇是巴基斯坦最大的城市，两千多万人口，也是世界上著名的港口。在卡拉奇考察时我们还专门到港口码头进行了参观，热情的巴基斯坦朋友特意搞到了一条船，带着我们在海上吃了一顿海鲜。这可不容易，因为卡拉奇港同时还是个军港，警备森严。然后我们又到了拉哈尔，这是巴基斯坦的第二大城市，是艺术文化中心，也是重要的工业中心。在这里，我们竟然遇到了山东济南的老乡——济南轻骑集团的几名员工，他们在这里建了一家分厂，效益还不错。我们从他们那里了解到不少有价值的情况。最后一站是巴基斯坦的首都伊斯兰堡，准备在这里活动三天，然后便直飞乌鲁木齐回国。到达伊斯兰堡时已是6月4日夜晚，喀什驻巴基斯坦办事处的安国栋主任专门从驻地吉尔吉特赶来迎接我们，他带我们到城郊一家新疆老乡开的餐馆吃了一顿地道的家乡饭。因为在巴基斯坦这几天的活动非常顺利，加上所到之处都受到热情而周到的接待，让大家切实感受到了"巴铁"的友好，所以，因枪击事件而一直笼罩在大家心头的阴霾也逐渐消散。我的心情也逐渐轻松起来。谁知，正在我们吃饭的时候，地委办公室打来了电话。此时的喀什应该是晚上10点多了，如果没有要事这个时候是不会来电的。果然，地委要求我6月6日前一定赶回去，因为山东潍坊市的曹学成书记带领一个代表团要于6月6日到喀什看望援疆干部。

我是山东援疆干部总带队，当然要到场。但我们原定的返程机票是8日的，根本来不及，于是我安排王泽猛同志马上改签。又谁知，伊斯兰堡飞乌鲁木齐的飞机每个星期只有这一个航班，真是让人无可奈何！但地委让我回去的指示是明确的，我必须另想办法。大家商量再三，唯一的办法是乘喀什驻巴办的那辆越野车，沿着著名的中巴公路回去，全程一千多公里，顺利的话，一天多一点的时间可以到达。当然这会很辛苦。但我没有再犹豫，决定第二天一早乘车出发。就这样，伊斯兰堡这座美丽的森林城市我连看她一眼都没来得及，第二天天刚蒙蒙亮，我便由安国栋陪同，乘坐那辆越野车踏上了归途。路上我才知道，辛苦是小事情，这一路竟处处都是死神设下的陷阱！

刚一上路，我们便遭遇了龙卷风。狂风刮得天昏地暗飞沙走石，司机小冯紧紧抓住方向盘，前额几乎抵在挡风玻璃上，一动也不敢动！龙卷风的淫威我曾经深深地领教过。1996年7月1日，一股强大的龙卷风夹着冰雹从我当时工作的县境内呼啸而过，公路两旁一搂多粗的杨树一排排被齐刷刷拦腰斩断。不是拔起，而是斩断！这得多大当量的剪切力呀！龙卷风还将我们的一处小学校夷为平地，12个孩子当场死亡！那场龙卷风使全县21人丧命，40多万亩棉田绝产，损失极为惨重。难道、难道几年后我要再一次遭受这该死的龙卷风？好在，这狂风很快过去，我们安然无恙。后来从媒体得知，这股龙卷风的中心在拉哈尔到伊斯兰堡一带，风灾造成9人丧生，我们只是经过了它的边缘。死神只不过是给我们打了个招呼，真正的威胁还在后面。

龙卷风虽然过去了，但它带来的倾盆大雨却下个不停。我们只能冒雨而行。也许冒雨行进在其他的道路上算不了什么，但是要知道，我们走的是著名的中巴公路！这条中巴公路之所以举世闻名，就是因为它的险峻。它穿越了喜马拉雅、喀喇昆仑、兴都库什等几条世界上最高的山脉，在印度河、吉尔吉特河、洪扎河和红其拉甫河几条汹涌澎湃的大河之间穿来穿去蜿蜒而上，最低处海拔仅四百多米，而最高处却达到五千多米！这里地质状况十分复杂，一年四季险情不断，雪崩、塌方、泥石流如家常便饭，所以它也被称为世界上最凶险的公路。当初修建这条公路仅巴基斯坦境内的路段就有七百多人为之捐躯，是平均每公里一条生命换来的。其中，就有我国牺牲的四百多名年轻的工兵战士！

　　大部分的时间我们的车是在悬崖峭壁上盘旋。公路修在半山腰，我们头顶上方是笔直的峭壁直插云霄，一眼望不到顶；我们的脚下则是万丈深渊，奔腾咆哮的河流浊浪翻滚。我们的车子冒雨在湿滑的路面上艰难地爬行。要命的是我坐在副驾驶的位子上！在新疆，出于礼貌和客气，总是让客人和领导坐前排的座位，说是视野开阔。而这次，这种客气却让我尝够了苦头。开阔的视野让我对眼前的险情一览无余，有几次我分明感觉到车子的前轮轧在了道路的边缘，我清楚地看到脚下深处浊浪中翻滚的树枝，我感到我的身体已经倾斜似乎要急速下坠……还有一次，我从后视镜中分明看到一块巨石几乎擦着车屁股砸在了路中央……我的心始终提在嗓子眼，咬紧了牙关，大气也不敢喘，两手紧紧地抓住扶手，有时干脆就紧闭双眼，心想随他去了！假如那块落石真的砸在我们车上，抑或我们的车子真的马失前蹄……实在不敢设想下去。一路上，我在心中不知多少遍地咒骂死神：来吧！有种的来吧！捉弄人算什么英雄！

就这样，死神如影随形地跟了我们整整一天，它随时都可以把我们攫起来扔下深渊！然而不知何故，它竟然始终没有下手。这种引而不发的威慑让我们恐惧万分而备受折磨！傍晚时分，我们到达了喀什驻巴办事处所在地吉尔吉特，大家终于长出了一口气。但是，始终提在嗓子眼的心并没有因此而放下，因为大雨还在下，明天的路还很长。

在吉尔吉特驻巴办事处的这一夜我基本没能入睡，我一直倾听着窗外的雨声。雨声时大时小，我的心跳也时急时缓。我祈祷着雨赶快停下来，因为第二天无论如何我们都要赶回喀什。黎明时分，雨声终于停了，我起身推门一看，东方已露出了曙光。我们决定尽早赶路，因为大雨已经耽误了我们的时间。上车时安国栋告诉我，城郊有一处烈士陵园，安葬着当年因修路而牺牲的八十多名工兵战士。我执意绕道去凭吊一番，哪怕时间再紧。

清晨的烈士陵园格外宁静肃穆，雨后的松柏苍翠欲滴。我肃立在那里向烈士们行礼，流下了热泪。

也许是烈士的神灵护佑，死神知难而退，一路没再露面。中午时分，我们顺利过关，翻越红其拉甫大坂，驶入了祖国的大地。一过界碑，我竟激动得不能自已，急令司机停下。我跳下车，向着那一座座刺破青天的雪峰跑去，然后深深地跪了下来……这可吓坏了安国栋和司机小冯，他们急忙追上来把我扶起，不停地说，不得了，不得了，五千多米的海拔怎么敢跑起来！他们是担心我因缺氧而出意外，然而，他们怎能体会到此时此刻我复杂的内心！

我们在塔什库尔干县稍做休整后继续赶路，赶到喀什地委时已是深夜。

第二天一早，我去看望了昨夜飞抵喀什的曹学成书记。我们是老相识了，千里之外再相见自有一番感慨。上午，在座谈会上我向他汇报了援疆干部的工作和生活情况，这位一米八几的山东大汉，竟然热泪横流！当时我心想，如果他知道了我这次一路上的遭遇，还不知会是什么样子……

这三次与死神的遭遇都可谓是九死一生，死亡的威胁是客观存在的。但第一次遭遇由于我并不知道威胁的存在，所以只经受了痛苦而并没有感到恐惧；第二次遭遇虽然令我们惊恐万分，但那是事后的惊恐，毕竟没带来直接的痛苦；但这第三次遭遇，从一开始你就清醒地意识到了死亡的危险，而且整整一天，这种危险始终如影随形。所以，与前两次相比，这第三次遭遇更让人心惊胆战、痛苦不堪。

事情已过去多年。如今，我早已退休，人生已步入暮年。回首往事，在新疆度过的三年无疑是我一生中最为丰富多彩的篇章。这三年，我经历了以前从未经历过的风风雨雨，体味到了以前从未品味过的苦辣酸甜。这三年，我见证了什么才是真正的忠贞，什么才是无私的奉献；知道了何谓艰难困苦，懂得了如何才能使生命不至虚度而最终归于绚烂。而与死神的这三次遭遇，无疑也成为我人生篇章中最为难忘的一个片段。

喀什夏日的黄昏

毫无疑问，喀什是美丽的。她的美是绝无仅有的，也是显而易见的。那浓郁的民族风情，独特的西域风光，鲜明而深厚的历史文化印迹，足以让每一个人，即便是刚刚踏上这片土地的人，为之惊奇、为之兴奋，继而为之着迷。然而，喀什还有许多许多的美是不易察觉的，是需要在这里居住下来、生活下来，慢慢寻觅、慢慢品味的，来去匆匆的过客是难以享受其中奥妙的。比如，喀什夏日的黄昏……

喀什夏日的黄昏，往往是由一阵风吹来的。这风绝不是那种强劲的风，而是徐徐而来的微风。微风吹过，城里城外顿时凉爽起来，人们立刻意识到，黄昏到来了。凉爽，这正是喀什夏日黄昏的第一个美妙之处。喀什的夏日和我的老家山东一样炎热，尤其午时的骄阳更为灼人，然而，黄昏的凉风却是其他任何地方都不会有的,因为她是从帕米尔高原上吹来,带着昆仑山冰雪的气息,是那样的清爽,那样的沁人心脾,所以,她的如期而至,使人在黄昏时分竟也能骤然感到清晨般的凉爽⋯⋯

这微风吹来的绝不仅仅是凉爽,她还送来各种各样曼妙无比的声响,让沉闷了整整一个下午的空气中开始弥漫起欢快的音符,仿佛是小乐队演奏起了黄昏随想曲。这是喀什夏日黄昏的又一美妙之处。首先进入耳廓的是白杨树发出的哗哗哗的声音,这是它们的笑声。这白杨,非别处常见的那种枝蔓横生的白杨,而是茅盾先生礼赞过的西域特有的白杨,笔直、挺拔,绝无旁枝,像一支支利箭直指青天,所以喀什人称之为"箭杆杨"。茅盾先生说它们像哨兵,我看更像仪仗兵,一排排整齐地挺立在烈日下,一整天不动不摇,不苟言笑;然而,此时此刻,黄昏到了,微风拂过,像抚摸,像挠痒,白杨们忍不住了,抖动着树叶笑了起来,然而又笑得那么有节制,那么矜持,哗哗哗,哗哗哗⋯⋯轻而舒缓,一阵又一阵,此起彼伏⋯⋯伴随着白杨树的欢笑,还会听到一串串清脆的铜铃声,这铃声清脆得让人想起森林中叮咚作响的山泉，让人感到这微风中的黄昏越发的清凉。寻着铃声望去，便会看到灰色小毛驴在公路上欢快地疾走，是毛驴脖子上的铃铛在不停地摇晃发出响声。这毛驴也非那种高大健硕的黑驴，它比一只绵羊高大不了多少，但却能驮着一个健壮的维吾尔族老汉轻松地奔跑。驴背上的老汉满脸皱纹里都是藏不住的笑意，眉毛和眼睛已经笑弯了，他得意地捋着撅在下巴上的山羊胡子，好像还在回味刚才在巴扎上吃过的伽师瓜的蜜甜抑或是卡瓦包子的浓香……当毛驴和老汉的身影渐行渐远，铜铃声渐响渐弱时，身后又会传来新的铃声，又会有别的毛驴和老汉，甚至还会看到毛驴拉着木板车，车上不光有老汉，还有大妈和娃娃——因为这正是回家的时候，整个黄昏这铃声都不绝于耳……与铜铃声相伴的还有半空中嗡嗡作响的鸽哨声，是一群或几群鸽子在老城上空盘旋，它们忽而东忽而西，忽而上忽而下，并不远离，也不急于落巢，哨声也忽而徐忽而急，时近时远，随着微风飘散……白杨树叶抖动的哗哗声、叮叮咚咚的铜铃声，老城上空延绵不绝的鸽哨声，所有的这些声音都是那么的舒缓绵长而又轻松欢快，带给人的是愉快，还有些慵懒。当你正沉醉在这微风轻弹的音乐中，充分享受着轻松无比的快感时，忽而又会听到高亢嘹亮的唢呐声和节奏鲜明的羊皮鼓声。唢呐声遏云裂帛、直冲天际，鼓声咚咚作响、震人耳膜，在舒缓的轻音乐中突然插入了激昂的音符，让人立马又振作起来、兴奋起来、喜悦起来。没错，这是不知哪家的维吾尔族小伙子在迎娶新娘。这里的婚礼又与别地不同，整个过程要持续两三天，迎接新娘一般在下午，而黄昏时分正是新娘要进门的时候，欢快的唢呐和鼓声说明新娘正在路上。唢呐和羊皮鼓只不过是这新婚进行曲的前奏，新娘进门的那一刻，便会有一支真正的乐队演奏，一时间，都塔尔、热瓦甫、木笛、唢呐……伴随着手鼓的节拍，奏起最欢快的乐章，形成这黄昏协奏曲的高潮……

是啊，这些轻松舒缓而又不乏激昂欢快的各种音符的和鸣，这丰富多彩充满生命活力的各种曲调的协奏，只有夏季的黄昏才会有，其他季节的黄昏是不会有的，冬天不会有，春天也不会有，秋天也许会有，但会多了些苍凉……

是啊,这些独特的"天籁之音"只应喀什才会有,其他地方"能得几回闻"?这使得喀什夏日的黄昏既不像繁华都市的那般喧闹嘈杂,也不像普通乡村的那样寂寥单调,用心去聆听这一切,难道不是一种难得的享受吗?所以,在喀什生活的三年里,每当这样的黄昏来临,我常常会走出房子,站在树下,遥望天空,陶醉在这美妙的黄昏随想曲中……

然而,更多的时候,我会走出院子,到城郊去,到马路上去,到喀什老城的跟前去。因为,喀什夏日黄昏的另一个美妙之处,对我有着更大的吸引力。这,就是夕照。

"夕阳无限好",任何地方、任何季节的夕阳都是美丽的,我始终迷恋夕阳西下的美景。记得小的时候,我就常常会在黄昏时分,吃力地爬上老家那座小城残留的一段城墙,呆呆地遥望着挂在西边电厂烟囱上的太阳;此时的太阳已不再耀眼,已变成一颗通红通红的圆球,映红了烟囱里冒出的白烟,映红了天上的每一块云彩,也映红了电厂每一间厂房的房顶,夕阳缓慢地从大烟囱旁边落到房顶，再从房顶落到被厂房挡住的大运河里面……整个过程让人陶醉又充满了遐想……过去几十年的时间里，我曾专程到过渤海边上的海岛，也曾登上泰山、黄山和其他一些不知名的山峰，还去过草原、戈壁和沙漠，为的就是寻觅各地夕阳西下的壮丽美景。然而，在我看来，这所有地方的夕照，都比不上喀什夏日黄昏的夕照，因为喀什夏日的夕照更为绚烂，更为壮丽，更加的别有意蕴……

喀什夏日黄昏到来之时，有时我会走到郊外，极目向西方远眺：夕阳挂在天际，通体是一种鲜亮的橘红色而又闪耀着金子般的光芒，比我小时候在城墙上看到的要艳丽得多、灿烂得多。我知道视野的尽头是昆仑山的雪峰，每一座雪峰上方都会漂浮着大朵的白云；然而，此时的夕阳已经将西方半个天空映得一片火红，一切的一切都融化在这夺目的霞光里了，很难再看得清哪是云朵哪是雪峰，目光所及，到处是一片辉煌……是啊，在其他的地方你何曾看到过如此灿烂的夕阳？

有时我会站在郊外的公路旁，看着夕阳将光芒从抖动着的白杨树叶的缝隙里投射了过来，又洒在路上，于是整个路面都铺满了细碎的金片,闪闪烁烁,成了真正的"金光大道";我看到夕阳的光芒洒在奔走的毛驴和老汉身上,毛驴的长耳便镶上了金边,老汉的胡子也成了金黄色,毛驴驮着老汉奔走得更加的欢快,铜铃声也更加的清脆响亮,他们径直向前,一直走进前方那片朦胧的金光;公路的远处,有牧归的羊群缓缓滚动,羊群上方有滚滚的扬尘,逆着夕阳的光芒,羊群像披上了一张金色的绒毯,扬尘也成为一片金黄色的光亮,光亮中能看到牧羊人矫健的身姿,手中正高高地扬着牧鞭,像剪影一样……是啊,在其他地方你何曾能欣赏到这油画般的夕阳暮归图?

很多的时候,我会到老城跟前去,站在东湖的岸边,遥望湖对面的高台和高台上的民居。那时的喀什,城区很小,人口也少,难得看见楼房,高台民居显得非常的醒目,老远就吸引着人们的目光。据说,高台矗立在那里已经有两千多年了,台子上最老的民居也有几百年了。高台民居之所以醒目,首先是因为她高高耸立。"高台"实际是一条近一公里长的黄土悬崖,拔地而起,高出平地四十多米,再加上悬建在上面的民居层层叠叠，最多处有六七层叠在一起，而且上面还有高高地树立着的或长或短的各种广播电视天线在随风摇晃，于是更显得"危乎高哉"……她之所以醒目，还在于她奇特而多姿的建筑格局。"民居"为当地维吾尔族居民世世代代逐年搭建，房上垒房，楼外搭楼，或高或低，或正或倚，弯弯曲曲，鳞次栉比；远远望去，就像儿童精心摆放的积木，一大堆大小不一形状各异的几何体被拥挤地摞在一起，看似杂乱无章，实际又用心独具，体现出一种无拘无束的自由奔放之美。这样别具一格的建筑群，不要说国内绝无仅有，全世界恐怕也难以寻觅……她之所以醒目，我觉得更在于她那给人以强烈视觉冲击的色彩。高台是黄土筑成的，自然是黄色的，但这种黄是那种沉着的黄色，透着一种庄严。高台上各式各样的民居，都是用泥土块筑就，墙壁和房顶也都是黄泥抹成，因而也无一例外的都是黄色，但这种黄比高台的黄略浅，透出一种生命的活力；而且，每一面墙上，镶着大小不一的窗口，就好像一张张人的面孔上长着深邃的眼睛，更显得生动无比。黄昏一到，高台民居的色彩更加醒目起来，金色的夕阳将金色的光芒射了过来，本来就是黄色的高台和民居通体便染成了耀眼的金黄色。高台的金黄略深，显得格外厚重；民居的金黄则更为鲜亮，直炫人的眼睛，而且每一间房子在阴影的衬托下，立马凸出起来，立体感强极了。这金色的高台，金色的民居，还有民居上方一根根金色的天线，在蓝天的映衬下，竟显示出宫殿般的巍峨和辉煌！更让人叹为观止的是，当你立在湖边上远眺时，这一片金色的灿烂，投映在碧绿的湖面上，形成一片更为灿烂的金色倒影，上下相互辉映，竟产生一种神秘感，使你都不敢相信自己的眼睛：人间竟还有如此玄妙而壮美的景象……是啊，在其他任何地方你何曾领略到夕照下如此不可思议的雄伟和辉煌。

好了，凭这些，难道不足以使你觉得喀什夏日的黄昏是足够美丽足够耐人品味的了吗？然而，这仅仅不过是目之所及、耳之所闻而已。此时此刻，你难道没有嗅到弥漫在黄昏微风里的烤馕、烤肉还有羊肉手抓饭的香气吗？是的，美食已经备好，果园里葡萄架下羊毛地毯也已铺好，"伊力特"酒也已经启开了瓶塞，各种载歌载舞的欢乐晚宴就要在夕照的余晖里开始了,这,才是更让人着迷和疯狂的呢!

  我在喀什生活了三年,是在夏天去又是在夏天回的,所以有幸在喀什度过了四个夏天,有幸品味了四年的喀什夏日的黄昏。我离开喀什也快二十年了,二十年中我时时回味喀什夏日的黄昏,我真的想再回喀什住上一段时间,但,一定是要在夏天……

攀登冰峰

我不是登山运动员,也不是驴友之类的户外攀登运动爱好者,但我的确攀登过冰峰;而且,我攀登的不是一般的冰川雪峰,而是大名鼎鼎的慕士塔格峰。慕峰耸立在帕米尔高原上塔什库尔干塔吉克族自治县境内,海拔7546米,有着"冰山之父"的美誉,仅从这美称中你就能想象到山峰的高大、雄伟和壮美。由于一次特殊的机缘,未做任何的专业准备,也未借助任何的专业装备,连个手杖也没用,我徒手攀登到了慕峰的6000米高处,创造了我人生中的一个小小的"奇迹"。

2002年五月下旬,还有一个月我们就要圆满完成三年的援疆任务,胜利返回家乡了。我为了一项特殊的使命,又去了一趟塔什库尔干县。此时的帕米尔高原,正在从冬眠中苏醒过来。覆盖了高原半年多的积雪正迅速地向着雪线以上撤退，雪线以下只剩下沟沟坎坎中和背阴处的一小片一小片的残雪，而且也没有了以前的洁白；大片大片的草甸子开始泛绿，草甸子周围沟沟渠渠里的水也开始缓缓流淌；沿途不时能看到远处有肥硕的旱獭蹿来蹿去；蓝得刺眼的高空中，雄鹰在盘旋……高原正步入她一年中最美丽的季节。一切都显得格外的宁静、祥和。然而，外界所不知道的是，此时的高原正弥漫着战争迫近的紧张情绪。

震惊世界的"9·11"事件以后不久，美国发动了对阿富汗的战争，跟阿富汗紧紧相连有着九十多公里边境线的塔县顿时紧张起来，紧张的气氛很快漫延到整个喀什地区。那时我们在喀什城里，每天都能看到有战斗机从头顶上呼啸而过，飞机的轰鸣震耳欲聋。连续好多天，罩着绿色篷布的军车一辆接一辆沿着城西的公路向南开去，延绵几十里，不见首尾。几乎所有的人都在悄悄地议论着一个令人不安的消息：大部队开到高原上去了……于是，对战争的恐惧像瘟疫一样漫延开来。来喀什参观旅游的外地人明显减少了，已经来了的也都匆匆离去，就连来此出差公干的也都不敢久留。

当时，有一个援疆干部派出市的教育代表团来喀什看望慰问援疆教师，原计划要花几天的时间到几个有援疆教师的县去走一走看一看，顺便领略一下这南疆独特的风土人情。然而，就在他们到来的当天，正在喀什二中参观考察时，突然头顶上飞来几架战机，来回盘旋，这让他们大吃一惊；惊魂甫定，他们便果断地决定立即返回，于是当晚便乘晚班飞机打道回府了。可想而知，这种大战临头的恐慌气氛给我所带领的66位山东援疆兄弟造成了多大的思想压力！请假要回家的已经有七八个了（山东人爱面子，没谁愿意承认自己是胆小鬼，所以请假的理由各种各样，就是没有说是胆小害怕的），我一个也没有批准，因为毕竟我们很快就要按期返回了，坚持到最后一刻，圆满完成任务，这是我们向组织向家乡做出的郑重承诺。再说了，战场在阿富汗，离我们还远着哪！别的国家打仗，我们却担惊受怕，岂非杞人忧天！只有一个同志，我同意了他回家的请求。那天夜里12点多，我已经睡了，突然被电话惊醒，是在巴楚县援教的一位教师打来的。电话那头那位年轻的老师不停地在抽泣，边哭边断断续续地诉说，我一听就知道他喝大了。年轻的老师说他想媳妇、想女儿，说他怕再也见不到她们了……他哭得我心烦意乱，哭得我六神无主。我已经想不出用什么语言来劝慰他才好，最后只好说："好吧，同意你回家，但今天已经来不及了，飞机没有了，你先睡觉吧。"第二天上午，他又来电话了，电话里已经听不出酒意了，他说他不回去了，还支支吾吾地说："弟兄们都不回去，我怎么能当孬种……"嘿，到底还是条山东汉子。

那一段时间，我的主要工作就是安抚这66位援疆干部的思想情绪，我要尽最大努力让同志们安心站好最后一班岗，确保圆满完成任务，平安返回家乡。然而，新疆地广人稀，县和县之间的距离一般都在百公里以上，当时同志们分布在六个县，最远的相距三百多公里，我每跑一圈下来都要半个多月，平时只能靠电话联系。所以，那个时候，我每天都要跟每个县援疆干部的负责人通一次电话，时刻了解同志们的思想动态，随时做大家的思想工作。然而，随着有关阿富汗战事的小道消息越传越多，归期越来越近，大家的思想情绪也越来越不稳定,越来越不能安心工作。当时,我感到已是"黔驴技穷",因为苦口婆心的说教已说了太多次显得苍白无力而不起作用了,大家对想象中的"危险"是宁信其有,不信其无。面对这种情况,我需要另想办法。于是,我决定到最"前线"——距阿富汗一步之遥的塔县去一趟,我要现身说法,要让大家知道,我这个援疆干部的"总头儿"都到"前线"去了,有什么危险可言!于是,经地委书记姚永锋同志同意后,我带上我的助手,也是援疆干部的时任地委副秘书长老徐和秘书老周,在一个晴朗的早晨,乘着那辆牛头越野车向着高原驶去。

三百多公里的山路,我们走了将近一天,傍晚时分到了塔县招待所,县委书记老缑正准备好了拌面和烤肉在等我们。

缑书记介绍说,这里真的是"西线无战事",一片太平景象,那种担心战火漫延到这边的猜想完全是"胡咧咧",完全是不了解情况的望风捕影。他说,知道了这里的地形地貌就会明白,边境线两边方圆几百公里的大片地区完全都是人迹罕至的崇山峻岭,最低海拔都在五千米以上，连头牲口都见不到，根本不适合人类长时间停留，更不要说大部队打仗作战了。他还说，邻居在打仗，我们做些防范的准备、摆出些应战的姿态当然是必要的，所以才会有飞机有军车……我觉得老缑的分析很有道理，很有说服力。于是，当晚我和老徐就分别用电话将这些情况转达给了六个县的同志们，嘱咐同志们尽管把心放在肚皮里。

我们决定在塔县多住几天，因为我们多住一天，山下的同志们就会多安心一天。塔县我来过多次，尽管全县平均海拔在四千米以上，县城所在地海拔也有三千四百米，但我从没有出现过高原反应，因而我对自己的身体还是很有信心的。那天晚上，我们跟老缑漫无边际地闲聊，聊起了高原，聊起了雪山，聊起了慕士塔格峰。老缑说，慕峰虽然高大雄伟，但并不险峻，是很容易攀登的。我问，有人上去过吗？（那时候远非现在可比，户外运动尚未兴起，除了专业运动员，没谁有兴趣大老远专门跑去攀登雪峰）老缑轻描淡写地说："外地人很少，但我们县里好多人都上去过。"接着他又呵呵一笑，"当然，没谁到过顶峰，只能到六千米的地方，因为再往上不是专业人士没有专业设备是上不去的。"六千米！那也是很令人神往的高度呀！老缑的话让我产生了一种莫名的冲动，勾起了我自小就爱冒险的欲望。我忙问："这个季节可以么？"老缑说上个礼拜自治区来的一个厅长还上去过。我一听乐了，忙说："我也要上，反正这几天在这儿闲着也是闲着！"一听我说这个，老缑无语了，他说出去的话已经收不回来了，那个厅长上得，我当然也可以上，何况，我比那位厅长似乎还要年轻一些。沉思了好半天，老缑终于说："好吧，看您身体应该没问题，来过这么多次都没有高反。明天我给您找个有经验的向导，后天就去吧。"

第二天，老缑领来一个年轻的汉族小伙给我作向导，他说当地的塔吉克族人汉语说不好，不便于交流。小伙子是甘肃人，原先在这里当兵，驻守过红其拉甫，后来转业，留在了县上。年轻的向导并没有嘱咐我要做什么准备，只是说换双旅游鞋就可以了。他还反复地说："没事的，没事的；很轻松，很轻松。我带好几个人上去过了。"向导的话让我放松了不少。

那天早晨吃过早饭，我们便开车向着慕峰进发。临行前，老徐和老周也要去，他们说他们不爬山，只在山下等着，因为在招待所里待着也是无聊。我没有理由反对，只好带他们同去。

从塔县县城到慕士塔格峰，公路不到一百公里，车子行驶了差不多一个小时。然而，离开公路后，我们又在荒滩戈壁上爬了好长时间的山坡。去过帕米尔高原的都知道，从远处看慕峰就像倒扣着的一个大大的头盔，坡度比较平缓，所以我们的车子很容易地就开到了半山腰。车子在一块相对平缓的地方停了下来，因为再向前就全都是冰川了。向导说这里的海拔也有五千米以上了。我观察了一下老徐和老周，他们还好，面没改色气也不发喘，于是我便放心地随向导向冰川前进。

那天的天气格外的好，天格外的蓝，太阳格外的艳，晒在身上暖暖的；而且是一丝风也没有，一点寒冷也感觉不到。在这五千多米的高处，我不仅没有一丝的不舒服，反而感到精神格外的清爽、心情格外的舒畅。

整个攀登过程非常顺利，并没有我想象中的艰难，也没有任何的惊险。我紧随在向导身后，大部分时间是弓着腰踏着冰雪前行（这时候我才意识到的确需要一支手杖，哪怕是根棍子也好），只有遇到几处陡壁时，才会手脚并用地爬。而且，每爬上一处陡壁，总会遇到一处冰雪的平台，我们就正好在平台上喘息一阵儿。向导说，这些平台实际上是一个个小的湖，在天气最热的时候，这台面就是水面。最后，我们爬上了一个更为陡峭的冰壁，来到了一处更为宽阔的平台上。啊，这才是真正的冰雪世界。平台有两个篮球场那么大，这里已看不到岩石，更看不到任何的植被，甚至看不到白色以外的其他任何颜色，因为这里除了冰就是雪。脚下是平平的冰面，覆盖着薄薄的一层雪，向导说雪应是昨夜刚刚下的；四周散布着大大小小各种形状的冰块，最大的一块竟有一间房子那么大，四四方方的，孤零零地矗立在那里，这冰块究竟是怎样形成的，向导也说不清楚；阳光射在冰上，发出耀眼的光，我戴着墨镜都不能直视；一些倒垂的冰柱开始滴水，水滴反射着阳光，晶亮晶亮的。这绝无仅有的美妙奇景是只在童话世界里才会出现的呀！我端起随身携带的相机不停地拍摄。然而不久，向导招呼说该回去了，因为再过一会儿太阳一偏西气温就会急剧下降，而且，再往前也上不去了，只能攀到这里，这里就是六千米的高度。我很有些意犹未尽。

返回的途中，出了点小小的意外，但是有惊无险。快到出发地的时候，已经望见了车子，我突然一脚踏空，右腿插进了冰窟！我居然能一手举着相机一手猛地一撑一下子就蹿了上来，右腿整边裤子都被冰水浸湿了。我很有些后怕，但也为自己反应的敏捷和身手的矫健而感到惊讶和庆幸！这应是一条暗沟，底下的冰雪已经融化，而上面又在夜间冻上了一层薄冰，并被刚下的雪覆盖，也不知沟多深多浅。向导也有些后怕地连声说："还好还好，没有掉进去整个身子。"

回到车子跟前时，老徐他们已经着急了，他们是在担心我出意外，因为毕竟是如此高的冰峰。

那天晚上，老缑又准备了些烤肉，还搞了些伊力特白酒。我平安返回，他那悬了一整天的心也总算放下了。

那天晚饭后，我在电话里向远在千里之外的家人炫耀我的"壮举"，谁知读高中的女儿竟然急了，她居然在电话里大声斥责我，说我是"愣头青"，说我是"冒险狂"，说我不懂得珍惜生命！嘿，这丫头！她那里懂得，生命，不正是因了这种种的"冒险"，才显得富有活力和多彩多姿的吗？

当然，那次我到塔县最大的收获是最大限度地安定了援疆兄弟们的心，使他们坚守岗位坚持到了最后一刻。攀登慕峰只不过是小小的意外收获而已。

2002年6月22日，我和66位援疆兄弟一起，一个不少地平安返回了山东老家。

大老迟走了

十年前的那个上午，快要下班的时候，我突然接到老家一位老同事打来的电话，对方劈头一句话就让我蒙了："大老迟走了！""什么什么？你再说一遍！"我怀疑耳朵出了问题。"大老迟，老迟！走了！死了！"对方生怕我听不明白，一字一顿地解释，然后又急促地说了一句，"你快点来一趟吧！"我急切地想再详细问问情况，他却匆忙挂断了电话。

大老迟走了？这怎么可能？！上个礼拜天他还跟我聊了整整一个晚上！

大老迟姓迟，比我大八岁，是和我在家乡一起工作了十多年的同事加好友，我们气味相投。在县里工作的时候，我是县长，他是专职副书记，分管干部和政法工作，我们是一个班子里的搭档；后来在市里，我分管政法，他是政法委副书记，我们负责的是同一项工作；再后来，我调到省级机关，而他很快就退了休，但我们依然会十天半月地见一次面，因为我要经常回家乡看望老母亲。一到周末，他就会跟我打电话，问我回不回去，只要我回去，他就会在晚饭后跑到我的宿舍来，一聊就是大半夜。用他的话说，跟我聊天他觉得"带劲"。其实，我俩聊天并无主题，海阔天空漫无边际，无非是志趣相投意见相似容易引起共鸣而已。他喜欢跟我讨论一些比较严肃的话题，尤其是对社会上一些不正常的现象，他总是深恶痛绝，有时候会说着说着一拍茶几站起身来，声音也不由自主地高上了八度，震得天花板嗡嗡作响。每当这种时候，我会示意他小声一点，或有意岔开话题，让他平静下来；而他则会一支接一支地抽烟，最后猛抽几口，站起来说一句："尿！算了，以后再聊！"便夺门而去，咚咚的脚步声会响很久。

这样一个大老迟，浑身上下鼓荡着蓬勃的生命力，刚刚六十出头，身体强壮得像头牛，怎么说走就走了？这怎么可能！

大老迟之所以被称为"大老迟"，是因为他长得高大魁梧，身高近一米九，五大三粗。年轻时人家就叫他"大迟"，后来随着年龄的增长便有人开始叫他"大老迟"，我认识他时他已经是"大老迟"了。他是鲁西人，典型的鲁西大汉，就像头鲁西黄牛，骨架高大肌肉发达然而并不肥胖臃肿。他说着一口跟河南话别无二致的鲁西方言，天生的粗喉咙大嗓门，更显得剽悍粗犷。他的身体也确实很棒，我跟他一起工作十多年，从没见他去过医院，好像连感冒打针也没有过。每年单位组织体检，他似乎也从不参加，还不屑地说："喊！那纯粹是没病找病！"他的身体好，除了父母生养天地造就以外，还应该是得益于他常年不懈的锻炼。在县里的时候，我俩都住机关单身宿舍，每天天刚蒙蒙亮，我就会听到窗外扑扑通通的声响，那是老迟在打拳。我专门看过他打拳，他打的不是常见的那种慢悠悠的太极拳，而是一种闪展腾挪虎虎生风的长拳。老迟跟我说这叫"查拳"，是跟他父亲学的。他说他从五六岁就开始跟着父亲学"拉架子"了。我笑着问他，像我这样的他能打几个，他有些扭捏了，说从没打过架，接着又有些调侃地说："别看你年轻，像你这样的小体格,恐怕十个八个的靠不近我的身!"打完拳,老迟满身大汗,无论冬夏他都会跑到走廊尽头的公共卫生间里冲冷水澡,然后再穿戴整齐精神抖擞地跑到街上,盛上一大搪瓷缸子胡辣汤,手掐着一大把油条回来,狼吞虎咽地吃个痛快。

但老迟从不喝酒,滴酒不沾。这在当时我们那群人里,绝对是个另类。那个时候,喝酒和工作已经分不大清楚,工作要喝酒,喝酒似乎就是工作。何况,我们那个县是著名的产酒大县,来的客人又多,几个县级领导每天都要陪客人吃饭,甚至每顿都陪,而且是每餐必酒,所以我们每天都让酒精给弄得头昏脑涨。而老迟却不,虽然他也陪客,但无论是陪多么重要的客人他都不喝酒,一滴也不喝。这让很多人都感到纳闷又觉得遗憾,因为像他那样的块头那样的体格不喝酒,实在是太"浪费资源"了。有一次就我们两个的时候,我问他是天生不能喝酒还是有啥毛病,他大眼珠子骨骨碌碌转了好几圈,狡黠地笑了起来,然后对我说了实话。他说,他不是天生不能喝,而是天生很能喝!是他老父亲不让他喝。他说他一般不会喝醉,因为他是"酒漏",不管喝多少酒,都会从腋下出汗漏掉!他说他这种"特异功能"是遗传的他父亲,也是他父亲发现的。他说他上初中那年快过年的时候,父亲在独轮车上绑了满满一麻袋地瓜干,让他推着去二十里路外的公社供销社换了5斤白酒,整整一小塑料桶。他说在那之前,他从未碰过酒,但那天他闻着那酒真的是奇香无比,实在是抵挡不住诱惑,便忍不住尝了几口,谁知这一尝便没停下来,走几步便尝一口,等回到家时,一桶酒就只剩了个底儿了。他父亲见状大吃一惊,让他举起双手,用手一摸他的腋窝,然后一屁股跌坐在凳子上,说了声:"完了完了,咱家又出了个酒漏!"因为当时他的小棉袄两边腋下全都湿透了!他说他父亲就是个远近闻名的"酒漏"。也就是从那天起,父亲严令他禁酒,告诉他不是怕他喝穷了家,而是怕会误事,一个有出息的男人是不能误事的!他说他从小就很怕父亲,也很崇拜父亲,因为父亲是个"老革命",刘邓大军那年从他家乡过黄河就是他父亲带的路。所以,他谨遵父命从不饮酒,几十年了……那天,老迟跟我聊了很多,也很有些动情。他说他认为父亲说的完全正确,喝酒的确容易误事,即便是"酒漏"喝多了也会醉,也会误事,而我们的岗位又确实误不起事。他瞪着那双牛样的大眼,认真地对我说:"你看,老弟,全县七八十万人口,衣食住行都在我们手里握着,这么大责任,误了事怎么了得!别说误大事,误了小事也没法交代!"我听了老迟这番话,很受感动,也很受教育。的确,老迟的办事认真作风严谨是有口皆碑的,别看个子大,心眼儿却特细致,十几年来,从没见他的工作出过任何的纰漏。所以,后来我在宣纸上写了八个大字"体壮如牛,心细似发"送给了他。就这样一位谨慎细致又严于律己的老兄,生命中不应该有任何的闪失呀……

那天吃过午饭,我便坐车直奔老迟的丧事而去。一路上,我连打了好几个电话,想问明白老迟的死因,但所有人都含糊其词说的不得要领。这更增加了我的疑虑。

我来省城工作的第二年,大老迟退休了。组织上跟他谈完话当天,他就跟我打了个电话,兴冲冲地在电话那头喊着:"老伙计!我已经光荣退休了。哈哈，我可以好好地享受生活啦！"还是跟以前一样的粗喉咙大嗓门，声音里听不出一丝的颓唐或失落。我很高兴他能有这样好的精神状态，但也多少替他有些遗憾和惋惜，因为他虽然年龄到了政策界限，但毕竟身体强健精力旺盛而且超乎常人，完全可以再干些事情，否则确实有些"浪费资源"。我试探着跟他聊起这方面的话题，问他是不是准备找些事情干干，比如……没想到我话没说完就让他给一口否定了，他坚决地说："不干不干，啥也不干！我要享受生活！"享受生活？我不禁哑然失笑，因为我深知，这个大老迟其实是个既不会生活，也不会享受的人！

在我看来，老迟是那种没有任何生活嗜好也没有任何业余爱好的典型的"老干部"，他生活的全部内容除了工作还是工作，即便是在家里，他也会把大部分的时间都用在看带回去的文件上。几十年来，他不懂得吃，也不懂得穿，在家连个面条也不会煮，出门连个领带也不会系，吃喝穿戴一切的一切全凭他那贤惠又干练的夫人老黄打理。他不会打扑克，也不会下象棋，更不要说打麻将了，他甚至认为这都是些"低级趣味"；而"高级"点的趣味，如写字、画画、音乐、舞蹈等等他却又是一窍不通，就连体育运动他也仅仅是会打他那套"查拳"而已。就这样一位老兄，竟然还大言不惭地要"享受生活"，我真是不知他将会如何地享受、如何地生活。

老迟退休不久的一个双休日，我照例回去看望老母亲，他也照例在晚饭后到我宿舍来闲聊。聊天中我不乏讥笑地问他准备怎样享受生活，他却一本正经起来，然而又明显掩饰不住内心的喜悦和得意，大眼珠子又骨碌碌转了好几圈，低声而神秘地说："我有孙子啦！我儿子给我添了个孙子！我就要去儿子那里抱孙子啦！这，还不是幸福生活？这，还不是享受？"说完就吃吃地笑。还说他家老黄早就过去伺候月子了，小孙子快满月了，他也快过去了……这的确是可喜可贺的好消息！我知道他有个非常优秀的儿子，前些年大学毕业后考到上海市一个党政机关，现在已经是副处级干部了，据说儿媳妇也很优秀，是个大学老师。如今小两口又给老迟生了个宝贝孙子，老迟就要过去尽享天伦之乐了，三代同堂，其乐融融，岂不美哉？这真是再好不过的退休生活了，我承认老迟的幸福生活到来了，我由衷地为他高兴。

然而不久我再回老家，老迟突然又跑到我宿舍来了。我很是愕然，便调侃地问他："怎么没在大上海享受生活？"老迟两只大手一摊，硕大的脑袋摇摆了半天，一脸无奈地连连说："过不惯，过不惯……"接着，那大眼珠子又骨碌碌转了起来，好半天才又有些懊丧有些委屈地说："老弟，不瞒你说，我憋屈！……你说，现在的年轻人咋都这样？……嫌我抽烟！不让我在家里抽，要我跑到楼下去抽！唉，楼下抽就楼下抽，也无所谓……可是，可是竟然不让我抱小孙子，说我身上有烟臭味！"老迟说着说着竟有些气愤起来，"娘的！烟味就烟味吧，还、还、还臭味！尿！老子没受过这个！老子走人！所以……"啊，原来如此。我很理解老迟说的这些，更理解老迟的心情，然而我却不知如何安慰他才好，只好言不由衷地对他说："你把烟戒了不就得了？"老迟大眼珠子一翻，狠狠白了我一眼："说得轻巧！"我俩都沉默了，沉默了好一会，我又问他："你一个人生活，别的好说，吃饭怎么解决，你连个面条都不会煮？"老迟已渐渐恢复了平静，又显得有些狡黠了，说："我可以不吃面条嘛，我可以吃水饺嘛。我买了满满一冰箱水饺。水饺我可是会煮，简单得很，煮开了再点两遍水就行了。"接着他又故作得意地加了一句："嘀，有皮儿有馅儿，有肉有菜，营养又美味……"面对这样的大老迟，你还能再说什么呢？

于是，老迟一直没再去儿子那里，一直过着天天煮食速冻水饺的单身生活，这样的日子竟也过了大半年。他依然会找我聊天，依然是一聊就是一晚上，依然爱聊一些严肃的话题，只是似乎没有以前那样容易激情澎湃了。最后一次和他聊天时，我已经觉察到了某些不妙，因为我在他身上嗅到了浓烈的酒味！当时，我十分惊讶："遵从了几十年的父命说放弃就放弃了？为什么呀？"他却轻描淡写地对我打哈哈："这有啥？你又不是不知道我是酒漏，没事的……以前？以前不喝是怕耽误工作。现在？现在又不工作了，还怕耽误啥！"

一路上，我就这样胡思乱想地思念着大老迟，直到走进他的家。宿舍的客厅已摆设成一个简单的灵堂，一张放大了的大老迟的照片挂在迎面的墙上，他那两只牛一样的大眼依旧炯炯地凝视着前方。看到他遗照的那一刻，我突然悲从中来，哽咽不止，一时不能自已。他的夫人老黄从里间出来，一见到我便号啕着扑上来捉住我的双手不停地摇晃，不停地重复诉说着同一句话："我不该，我不该！我不该让他一个人呀……"老迟那优秀的儿子也走过来，刚叫了一声"叔叔"便抽泣起来。此时的我，脑子一片空白，已无法言语，也不知说什么才好。我已经记不起是怎样走出老迟的宿舍……

走到外面，我逐渐平静下来，这才想起打听老迟出事的原因。原来，那天邻居突然发现老迟家里不停地往外淌水，门也叫不开，便喊来了物业；物业人员爬上窗台一瞧，发现老迟正半跪在卫生间的洗手盆前，庞大的身躯佝偻着，脑袋和一条胳膊耷拉在洗手台上，而水龙头的水在不停地流淌……等人们破门进去后才发现，老迟的身体早已经冰凉而且僵硬了。有人说，可能是老迟洗手或洗脸时突发了心梗或者脑梗；也有人说老迟那天喝酒了，而"酒漏"出汗后都会口渴，他是想在水龙头上喝水时突然发病的，因为人们发现当时家里的两只暖水瓶都是空的；还有人说，也许不是心梗或者脑梗，酒后缺水也能要命，何况是酒后出大汗的"酒漏"……然而，所有的人也都没能说清楚究竟是什么原因。不过，说清楚说不清楚已经没有任何意义了，我想。

大老迟走了整整十年了，十年来我经常思念他，但从没有像今天思念得这样深切，而且有一种立马要把这些思念记录下来的冲动。也许，也许是我真的老了，老得容易多愁善感了；又也许，又也许是因为我也刚刚办完了退休手续，正面临着今后如何"享受生活"的重大抉择。

画家梦

从很小的时候开始，我就做一个美梦——美术家之梦，因为我从小就想当一名画家。然而，美梦做了一辈子，至今仍未成真。

我从小就想当一名画家，是因为我从小就喜欢画画，而且画得好。小学三年级的时候，我的画在全县中小学生画展上得过奖。

我从小就画得好，大概是因为我有一个会画画的父亲，父亲的同事张老师笑称这叫"鸭子的儿子会凫水"。父亲不是一个专业的画家，他只是一个小学教师而已，但他年轻时专门学过画，接受过系统的专业训练，是全县教师中有名的"三支画笔"之一。然而，我很少见父亲画画，好像只有一次，是那年毛主席号召"向雷锋同志学习"的时候。当时，父亲用一整张白纸画了一幅雷锋的头像，说是要供学校开大会时用。这幅画像画得非常非常像，父亲似乎也很满意，他一边离远一些端详着那幅画，一边有些得意地对我说："雷锋的帽子是栽绒的，画出质感来不容易。"那时我当然听不懂这专业性的语言，只是觉得那顶帽子果然就像真的一样，那种毛茸茸又有些刺手的感觉真的是触手可及。然而，父亲从一开始就不希望我长大当画家，不仅不让当画家，任何的与文化沾边的职业都不打算让我干，而希望我当工人、当农民，要我吃"技术饭""力气饭"，决不能吃"文化饭"。后来我明白了，父亲之所以如此规划我的未来，是因为他总结了自己的教训。他认为，他之所以先是被打成右派分子后又被打成"三反分子"，皆是因为他是"文化人"（尽管只是个农村的小学教师）的缘故。他说，工人农民是不会被打成右派的！所以，在"文革"一开始，他又被戴上"三反分子"的帽子，被送往农场劳动改造时，还没忘了嘱托我一位当木匠的表兄，要他收我当徒弟。然而父亲当时不知道也不懂得的是，表兄身为国家职工为公家干活哪有条件私自收徒？所以，表兄送给我一把刨子和一张手锯，算是对父亲的嘱托作了交代。

父亲不主张我画画,也就从不教我画画。加之当时我们生活在偏远的农村,缺乏各方面的条件,所以尽管我十分喜欢画画,但从没有接受过一天绘画训练,只是有时高兴了,会照着小人书在作业本的反面临摹一些古代人物的绣像而已。后来,父亲出事了,我不能继续上学了,只得随姥姥回到老家城里。自此,我和姥姥我们一小一老开始自己养活自己。平时,我除了帮姥姥糊火柴盒之外,就是在社会上游荡,到处找一些力所能及的零活干。我砸过石子,捡过煤渣,帮人打过草苫子,也帮人拉过地排车,总之,这时连临摹小人书的条件也没有了。若干年以后我才懂得,画画和其他一切技艺一样,都需要严格系统的专业训练,尤其是"童子功"。如此看来,我之所以没能实现画家梦,首先应该是因为我客观条件"先天不足"。

然而,即便是在那种最令人无奈的日子里,也没能让我丝毫减弱对画画的热爱和幻想。我似乎对视觉美有着天生的敏感,我迷恋一切赏心悦目的东西。一天,我走过邻居家的窗前,无意中发现室内一架高几上坐落着一尊石膏像，在昏暗的光线里似乎散发着炫目的光芒，显得那么醒目，然而又让人看不分明。这引起我强烈的观赏欲望，而我又不敢冒昧地趴在窗子上细瞧。于是回到家里我缠着姥姥要她跟邻居说说，能否进屋仔细看看。其实，那时我们刚搬城里来不久，根本还不认识那家邻居。姥姥被我缠得没有办法，只好趁那家主人出去上班，家里只有一位老太太的时候，请求人家让我进屋仔细欣赏。这是一尊外国老人的半身雕像，那卷曲的头发，宽阔的额头，高挺的鼻梁，深邃的双目，以及那浓密的胡须和带有棱角的下巴，在窗外射来的侧光下，是那样的生动，那样的饱满坚实，尤其是那光线映照下丰富的明暗变化，着实让我着迷，让我感动，久久不能忘怀。当时我并不知道这塑像是谁，后来回忆起来，这应该是那尊著名的高尔基胸像。

在那种年月里，能像这样近距离地欣赏美术佳作的机会是绝无仅有的。还好，那时候离我们家不远的二中门口树立着一个很大的"大批判宣传栏"，每三五天就更换一期，每一期都会有大幅的宣传画和漫画，画得好极了,我会仰着头一看就是半天,如呆如痴。后来,很多学校和工厂都相继在大门口砌起来高大的影壁墙,开始绘制巨幅的各种姿态的"伟人像",有时我会不去干活,跑过去一整天都泡在那里,看着画师一笔一笔地绘制,一边看一边幻想着也能和他们一起一试身手。这种亲手画画的欲望和冲动让我心痒难耐,终于无论如何也抑制不住了,于是有一天,我用砸石子挣来的几毛钱从新华书店买来一本早就看中的水彩画集,又从文具店买来几张白纸、一小瓶墨汁和一盒水彩颜料,开始伏在家里那张小案板上正儿八经地画画。一开始,我是要临摹画册中的那幅海岛女民兵的胸像。画中的女民兵英姿飒爽,那古铜色的皮肤,黑白分明的双目,以及身后背的步枪刺刀上那雪亮的闪光,都让我激动不已。然而,轮廓描绘出来以后,我就不知道该如何涂色了,连续几幅,一幅不如一幅,(其实,那时我根本不知道买来的那种有光纸本就不适合画水彩!)我懊恼极了。于是又改为临摹小报上那副著名的木刻鲁迅头像,画中鲁迅先生那冷峻的神情也多次打动我。因为是黑白画,不用色彩,我想可能会容易些。然而没想到，画是画出来了，甚至还有点像，但完全没有木刻的味道，更不要说先生那"横眉冷对"的神态了！这些尝试的失败对我打击极大，以至于以后很长一段时间我都没敢再动画笔。再后来，我当了一名泥瓦匠（哈，尽管不是木匠，也总算没有辜负了父亲的愿望），在工地上一干就是十年，很少再有精力和时间去画画了。虽然有时候还会拿起画笔，也不过是一时兴起，偶尔为之。

然而，对美术的追求，对美术作品的迷恋，乃至对美术创作的渴望，依然是与日俱增。那时，我收藏了好多各种各样的画册画报，还有很多单幅的电影海报，一有时间就会拿出来欣赏，乐在其中，陶醉其中。后来我曾想，真是多亏了这些美术作品，如果不是她们如春风化雨般地滋润着我的心田，抚慰着我的灵魂，使我能在那漫长的苦难岁月中，还能感到美的享受，体会到人生的快乐，我是很难始终保持着乐观和希望的。

记不起具体是哪一年了，一个偶然的机会，我接触到了照相机。一天，我的好友武三哥不知从哪儿借来一架相机，是带伸缩皮囊装135胶卷的那种。三哥拉着我跑到大运河边上玩了整整一上午。这是我第一次触摸照相机，感到十分的新奇。三哥现场教给我如何设定光圈，如何设定速度，如何调整焦距以及如何取景、按快门等等，他让我不停地给他拍照，拍全身照、半身照，拍站姿的、坐姿的，还有各种搞怪姿势的……一口气把一卷胶片拍完，而我俩都意犹未尽。过了没几天，当我看到从照相馆冲洗出来的照片时，我更加惊叹这小小照相机的神奇了，它不仅把武三哥的眉眼神态刻画得惟妙惟肖，还把周围的景致都描绘了下来：近的花，远的树，天上的白云，水中的倒影全都收入画面，如果没有生硬的人物碍在其中，简直就是一幅幅浓淡相宜的水墨风景画！从此，我迷恋上了这小小的相机。我不断地鼓动三哥借来相机使用，一玩就是几天。然而，老是借别人的相机总不是办法，于是我又鼓动三哥，两人凑钱买了一架相机，是天津产的东方牌135，他玩半年，我玩半年。从此，一有时间我就背上相机满世界跑着拍照，有时候连班也不上了。我是彻底迷上了摄影，用今天的语言说，我成了一个地道的摄影"发烧友"。然而令三哥不解的是,我从不给自己拍照,也很少为别人拍,而总是拍一些在他看来莫名其妙的东西。我拍公园里的假山凉亭,拍大运河上的孤帆远影,拍小桥流水边的浣女,也拍杏花春雨中的牧童。有一次,我骑着自行车跑到微山湖对着那片接天的莲叶和映日荷花拍了整整两天。三哥哪里知道,我是在下意识地用照相机"画画",是在用一种特殊的方式继续着我的"画家梦"。再后来,我又陆续购置了显影罐和一架小型的放大机,开始跟着书本学习各种暗房技术。这时,我已经是有意识地利用摄影的各种技术手段"画画"了,我不停地追求并探索一些特殊的画面效果,我尝试制作高调或者低调的片子,尝试着让画面出现版画或者水墨画的味道。有一次,我以窗帘为背景,利用窗外的侧光,拍了一组玻璃器皿,然后在冷热水的交替中让胶片颗粒变粗,竟然制作出一幅几可乱真的"静物铅笔素描"!

1979年,我离开工地去上大学,临行前,师父花三百多块钱送给我一架日本柯尼卡相机。三百多块钱哪!这在当时,即便是师父拿五级工的高薪,也相当于他半年的工资呀。我十分珍爱这架相机,与她朝夕相伴,她也最大程度地满足着我的创作欲望。大学四年里,每一个假期,我都会背着这架相机天南地北地出去采风,北京的胡同、上海的弄堂、青岛的海滨、杭州的湖畔、黄山的奇松怪石云海瀑布、白洋淀一望无际的荷花和芦苇荡……统统被我收入镜头,继而再制作成一幅幅美丽的图片。那时,我已经开始专注于风光拍摄,而且开始模仿郎静山的风格,我十分痴迷中国古典山水和水墨画的效果。这架相机,也让我在大学里出尽了风头,第一次参加全校摄影展,我就拿了特等奖,以后的每次参展不是特等奖就是一等奖,因此,我还被推举为学校学生摄影协会的秘书长。此时此刻,摄影,几乎帮我圆了画家梦,我用相机作笔,用大自然的光线作墨,用各种暗房技巧弥补着我画画功底的"先天不足",我尽情地挥洒着创作激情,尽情地用摄影"作画",在这个过程中,我俨然觉得自己已经是一个画家了,尽管不是用笔墨颜料作画的那种。

大学毕业以后走上了工作岗位,我毕竟不是学习和从事摄影专业的,所以用来搞摄影创作的时间越来越少了，但我对摄影的热情并未减少。我利用一切可能的机会，出差、休假我都会带着相机，我依然会不断拍出满意的作品，最后一次参加展览，我的一幅作品，被省档案馆永久收藏。几十年来，从黑白胶片，到彩色胶片，再到数码技术，摄影技术不断进步、普及，再进步再普及，我也换了一架相机又一架相机。然而，如今人们已经可以轻易地使用电脑甚至手机来制作各种各样的美图了，摄影技术得到了空前的普及；而我，却越来越感到困惑，因为我越来越找不到当年那种创作的快感了，相机和镜头在干燥箱里一放就是大半年。难道是我真的老了，已经没有了当年的激情？显然又不是，因为我仍有创作的冲动，但不同的是，这是真正想画画的冲动，是那种真的拿笔墨颜料作画的冲动。也许，越来越发达的摄影技术已不能使我尽兴？已越来越不能满足我的美梦？

退休以后，这种想画画的欲望越来越强烈，我实在是想重新拿起画笔，继续我真正的画家梦。但心里又有些打鼓：当年就"先天不足"，现在又老了，还能行吗？然而，一句貌似调侃的话，竟给了我莫大的激励。有人说，退休以后，就等于又焕发了"第二次青春"。此话不谬，退休以后，我果然感到身心都生发出新的活力，燃起了许多新奇的希望。既然青春都可以重来，画家梦为什么不可以？！说干就干，一切从头开始，我决定先从最基础的素描试笔。第一次画的是我穿旧了的一双旅游鞋，有些难度，起点不低。也许是多年的生活阅历使我比小的时候更善于观察，也许是摄影的经验使我更容易感受光线带来的黑白灰的变幻，也许世上确有一些能力可以无师自通，总之，这第一次试笔竟大获成功，这幅素描画得像模像样。后来我拿给一位真正的画家看，他说真的看不出我是"零基础"的初学者。这给了我极大的鼓舞……如今，画画已成了我退休生活的重要组成部分，我画水粉画、水彩画、粉彩画，最近又开始学画油画，但偏爱的仍然是风光题材。画画又让我找到了当年的激情，又让我充分体会并享受着生活和生命的美好。画家我注定是当不成了，但这从小就开始做的美梦我还会一直做下去。

发　呆

　　退休以后，我选择了在家闲居，绝不想出去参加些什么活动做些什么事情，比如什么报个老年大学吧，什么参加老年摄影协会吧，什么约几个老友每天钓鱼打牌喝酒或者定期去旅游吧，统统不愿做；更不要说去某某协会当个挂名主席、给某某公司当个顾问"发挥余热了"。我要的就是这种独立，这种清闲，这种无拘无束、轻松自在。当然，闲居也并非意味着一天到晚无所事事，吃饱了睡，睡醒了再吃。其实，每天我过得还是蛮充实的，要干的事情很多，比如写写字、画画画、读读书、看看报，抽空带小外孙在大院里溜达溜达，隔天去游个泳，晚上在电视上看个好莱坞大片等等，都是我乐意干的，没有强迫，没有束缚，乐意干就干，不乐意就算，自由且散漫。然而，久而久之，做这些自由且散漫的事情竟也渐渐养成了习惯，每日的起居慢慢有了新的节奏和规律，什么时间干什么事情像规定好了似的。这其中就有一件实在不能算作"事情"但我又乐此不疲的事——发呆。

一般是每天午睡起来，我会靠在阳台角落的软椅里，手边泡上一杯茶，时而瞧瞧近处，时而望望远方，又似乎一切都视而未见；脑子里天马行空，各种稀奇古怪的念头飞来飞去恣意翱翔，又似乎什么也没想。总之，木木愣愣的，就是那种状态——发呆。有位仁兄告诉我，发呆其实就是冥想。起初，我很不以为然，发呆怎么会是冥想？冥想是指专注而深入地思考问题，"苦思冥想"嘛！而发呆不是，发呆时虽然脑子里的奇思妙想很多，忽而天上忽而地下，忽而前五千年忽而后五千年，可能刚刚想到有家鲁菜馆的奶汤蒲菜实在不错，马上又会觉得某个外国元首实在太不靠谱。这些念头都像火花一样，一闪一闪的，瞬间即逝，根本停留不住，更不要说深入思考和专注了，有时候脑海里甚至还会产生空白。发呆怎么能是冥想？那位仁兄解释说，冥想是瑜伽术的一种，是指通过静坐和专心致志，使人身心放松，达到一种自由、解脱的境界。咦，这有几分接近了。发呆，的确可以使人彻底放松，物我两忘。比如，春天我在阳台上发呆的时候，正是我们这个小区景色最美的时候，各种树木的枝头竞相冒出了新绿，是那种在阳光下似乎透明的绿，有的树竟还赶在绿叶冒出来之前就绽放出一团团一簇簇粉色或红色的花，一个冬天都没见踪影的各种雀类也开始在枝头跃来跃去……然而，发呆中的我对这桃红柳绿、草长莺飞的大好春光似乎是视而不见、一片茫然，已经感觉不到具体的形象和色彩，而又似乎整个人已经融入到了这春色之中，体验到的是一种莫名的温馨和松软，这种松软温馨的感觉使我浑身松弛，懒洋洋的，舒服极了……夏天也是如此，夏天我喜欢下雨的时候发呆，尤其是下大雨的时候。外面的雨时急时缓，天际滚着隐隐的雷声，有时一阵强风吹来，将些凉凉的雨珠扫在脸上。也许，如果不是发呆，这种时候听一听贝多芬的《命运交响曲》或者是京胡名曲《夜深沉》，更会觉得情景交融，令人亢奋。然而这时的我一点也不亢奋，反倒感觉有一种说不出的宁静，宁静得那么空洞，那么飘缈，使人任何欲望都没有了，身心极度放松，舒服极了……秋天，发呆时我会盯着不远不近处的那棵柿子树，树上一只麻雀在不停地啄食一枚熟透了的鲜红的柿子，直到它飞走了，我还直愣愣地盯着，因为我并没有发现它飞走了。这时的我，似乎已经有些恍惚，似乎已感觉不到外界事物的存在，也许就是所谓的"超然物外"，但这种恍惚让我感到无比的轻松和愉快，也是舒服极了。当然，我没有冬天在阳台上发呆的体验，因为太冷了。总之，退休以后我喜欢上了发呆，因为发呆能使我彻底放松，达到那种极度自由极度超脱的境界。这，倒的确和瑜伽术的冥想所追求的效果类似。不同的是，冥想需要专注，而发呆恰恰相反，发呆只是遐想。所以，发呆似乎更轻松、更自由自在。

其实，我并不是退休后才陶醉于发呆的，在此之前就有过几次深刻而美妙体验。

一次是在杭州，记不得是哪一年了，也记不得什么原因去杭州了，只记得那时我还年轻。那天，杭州的老同学沈君放下了手中的工作，拿出一整天的时间陪我。下午，我俩转悠到六公园的时候，天突然下起小雨来，这时正好看到湖边有一茶室，便一头钻了进去。茶室是间两层的小楼，楼上没有客人，有一个开放式的小阳台冲着西湖，正好。我们俩便要了两杯龙井，在阳台上那两把嘎吱吱作响的竹椅上靠坐了下来。此时的西湖正笼罩在一片烟雨朦胧之中，前方远处的苏堤以及堤上的杨柳是看不到了，近在咫尺右手边的断桥也只剩下灰灰的身影；阳台上方雨搭上滴下来的水打在下方伸出来的雨搭上，哒哒作响，不紧不慢，越发让人感到安静。我茫然地望着远方，感到从未有过的放松。沈君很快就打盹了，我却有一种隐隐约约的兴奋，不是亢奋的那种，而是一种因松弛、宁静、无所思无所想而产生的一种愉悦的快感。这种愉快包围着我，令我陶醉。多年后我意识到，当时我应该是发呆了。

还有一次是在我援疆期间，也忘了具体时间了，只记得是夏天。当时我有事在北疆的布尔津住了两天，离开的头一天下午，我抽时间到县城北面不远的额尔齐斯河去拍摄五彩河岸的风光，因为难得来一趟。我走过那座孤零零的吊桥，来到了对岸一片浅滩上。这时天色尚早，还没有到夕阳照射下的河岸最为五彩缤纷的时光。此时我环顾了一下四周，苍穹之下，四野茫茫，竟只有我一人！没有放牧的，没有割草的，连只兔子也看不到！周围万籁俱寂，连风声都没有，只有额尔齐斯河的河水在不紧不慢地流淌。我不由得坐了下来，继而又躺了下去，身下的细沙格外松软。我头枕着胳膊，仰面朝天，呆呆地望着漂浮着的那朵白云，而目光又似乎并没有聚焦在那云朵上，而是穿过那云朵投向更远更远……我贪婪地体味着这从未体验过的空旷和寂静。渐渐地，我忘记了一切，忘记了身为何处，忘记了为何而来，脑筋也似乎停止了转动，整个身体轻松继而轻飘起来，似乎和灵魂一并化作了一缕清风……飘飘然，昏昏然，舒服极了。许久许久。这次发呆我已经是有点有意为之了。

较近的一次也有七八年了吧。那时我到厦门参加一个会议，会后东道主邀请大家游览鼓浪屿，因来过多次，上岛后我便决定不再随队前行，自己找个地方发呆去。我往离码头不远的一条小巷里走了没几步，便找到一个好的去处——咖啡馆。推门进去，果然好一个妙处：大大的厅堂全部装饰成了白色，白的壁，白的顶，白的柜台，白的桌椅。不是那种冷而炫目的磁白，而是一种温暖的乳白。更妙的是竟然一个客人也没有，安静极了。在这种不用发呆就已经感到有些虚无缥缈的妙境里发呆那真是再妙不过的了。我要了一杯红茶，在靠窗边的小桌旁坐了下来，目光转向窗外，开始了遐想……整整两个小时，那种美妙的感受令人难以忘怀。

　　退休前工作生活节奏紧张，发呆是忙里偷闲，难得的奢侈，只能偶尔为之。退休后有的是时间发呆，何乐而不为？发呆久了便越发体会到发呆的妙处。不发呆的时候我也曾经思索、探究过发呆的"规律"。窃以为发呆必须具备两个要素，一是要有美的环境，二是要有美的心境，二境缺一不可，所谓"天人合一"才会有美妙的感受。试想，在一个脏乱嘈杂的环境里怎么可能发得了呆呢？再试想，即便是在一个优美安宁的所在，如果一肚子心思，怎么可能放下这些烦恼而去发呆呢！我把这上升为"理论"的发呆经验讲给老友们听，一位老友调侃说："当心呐，如此下去,你会慢慢地真的呆掉的——老年痴呆!"呆掉?老年痴呆?哈!那敢情好啊,我想。我认识一位患阿尔茨海默症的老兄,永远一副孩童般天真无邪的眼神,永远一副孩童般无忧无虑的微笑,我想,他的内心一定是一片阳光灿烂而又一尘不染的净土,那该是多么令人神往的境界啊!

白云苍狗

小时候放羊，我常常躺在家乡东湖大堤的斜坡上，痴呆呆地望着天上的云朵，一看就是半天，有时候羊跑出去老远了都不知道。那时候的天，是那么的蓝；那时候的云，是那样的白。不知是因为天太蓝才映衬得云格外的白，还是因为云太白才显得天分外的蓝……离开家乡以后，我很少再见到那样的蓝天白云。

那时候，只要不是在下雨，天上总是会漂浮着白云的。那时候的云，不仅是雪白雪白的，而且是一大朵一大朵的，厚而饱满，体积感很强；不似现在，一年四季难得见到白云，即便偶尔见到的，也都是薄薄的、稀稀的、淡淡的一片，一旦厚重起来，便成了灰色的，形状也便模糊起来，没有了边缘，跟灰色的天空混成一片，分不清哪是云哪是天了。

小时候的我之所以喜欢看云，是因为我喜欢并迷恋它们的模样。每一朵云彩都是有自己的模样的。在我眼中,它们有的像狮子,有的像老虎,有的像马,有的像牛,也有的像小的动物,如小兔小猫甚至小老鼠之类,只不过身体要硕大了许多;有时候还会像人,像人的脸庞,尤其是像老人的脸庞……奇怪得很,它们所像的都是些活的生灵,从没有像过任何一种没有生命的东西,如石头、房子或者什么物件之类。更让我为之着迷的,是云彩的变幻。云彩的模样是会变化的,而且一直在不停地变。也许你先前看时它还是一头正在打瞌睡的老虎,不知什么时候,竟又变成了一只低首衔草的绵羊……一会儿,它又变了,竟变成了一个瘪着嘴在微笑的老太太,是那样的慈祥……但是,这种变幻是缓慢的,非常非常的慢,慢得让你察觉不到;尤其是它像人的面孔的时候,不管是像男人还是像女人,也不管是笑容可掬还是怒气冲冲,总是老半天一动不动,好像是有意让你仔细地端详、从容地回忆什么时候见过他们一样。也许,正是因为这种缓慢的变幻不易察觉,才让人更加感到它的神秘和美妙。初中一年级的时候,语文老师教了我们一个成语——

"白云苍狗"，还专门为我们拿腔拿调地朗诵了杜甫的那首《可叹诗》，并大发感慨：真是人生无定、世事难料啊，诗人这是用"白云变苍狗"的自然现象来形容人世间万物变幻的急遽和无常啊，真是如此，果然是如此啊……其实，当时我听了很不以为然，杜甫说的一点也不对，头一句"天上浮云似白衣"就不符合事实，白云从来不会像衣服的样子的，谁见过？第二句也勉强得很，"斯须改变如苍狗"，白云是很不容易改变颜色的，即便是勉强变成了苍色的狗，也不会是在斯须之间的，会很慢很慢的！再说了，云彩的变幻本来是曼妙无比、赏心悦目的事情，何苦自寻烦恼，无端生出那么多沉重和不开心的联想？真是莫名其妙！

少年时期的我，真的觉得世界上的一切都是那么的美好。

长大成人以后，我依然喜欢看云。只是，在城市里生活，很少有机会欣赏云了。城市的天空本来就小，云也少，而且天和云始终都是同一种颜色，灰蒙蒙的，没有什么好看的。不过，在海上航行的轮船上，在高空飞行的飞机上，特别是在南疆工作的时候，在美丽的帕米尔高原上，我有机会欣赏到了比家乡的更为瑰丽壮观的蓝天白云。

大海上的云朵总是很低的，格外的低，紧贴着海面，紧贴着船的甲板。正上方的那些云，就好像漂浮在头顶上，似乎伸手就可以把它撕下一块来；然而，由于相距太近，反倒不易看清它们的模样，只觉得是白晃晃的耀眼的一片。你真的要欣赏海上云朵的美丽容姿，只有把目光投向远方，在那水天一色的极远处，你才能看到和儿时家乡的一模一样的云。它们依然酷似那些生灵，依然是那样活灵活现，也依然是那样的从容不迫，慢慢地变化着，而且依然是变幻无穷……只不过，这海上的云朵要比儿时家乡的壮丽得多了，因为太阳始终在为它们梳妆打扮着，时而从正面将它们照耀得更亮更白，时而又躲在它们身后从缝隙里射出万道光芒……尤其是黄昏时分，金色的夕阳会让每一朵云彩都镀上金光，继而很快，会让它们变得像火一样，通红通红……

在飞机的舷窗中看到的白云，又另是一番景象。此时此刻，你实际上已在云中，云已经不是在你的上方，而是就在你的身旁，甚至，很多的云朵是在你的脚下，你不用再仰望它们，而是它们在仰望着你。在飞机上观云，你往往不会再专注于它们的颜色，它们的形状，甚至它们的变化，而是会专心地体会它们带来的那种气氛，那种让人不由自主地有些激动的气氛。因为这些云朵一个个硕大无朋，从四面八方无声地包围过来，离你又如此之近，迫使你会产生一种莫名的紧张和伴之而来的莫名的亢奋与喜悦⋯⋯

在新疆喀什工作的那三年，我多次去过塔什库尔干，每一次我都为能够一睹帕米尔高原的蓝天白云而兴奋不已。高原上的云总是会让你浮想联翩，因为每一座高大的雪峰身旁都会傍依着一朵白云，雪峰就像是伟岸的将军，而洁白的云朵就是美人了，他们默默地相伴相依，须臾不离，让人不由地心生艳羡⋯⋯高原上的白云还会让人的心境豁然开朗，因为一望无垠的蓝天上的白云和同样是一望无垠的草原上洁白的羊群上下辉映，将天地间映衬得那样的辽阔而纯洁、静谧而祥和，还有一些神秘，让你的心胸似乎一时间也开阔起来，没有了杂念，一种神圣之感也便油然而生⋯⋯有时候高原上的白云还会让你顿生万丈豪情，因为在白云的身边你总会瞧见有鹰在盘旋，是真正的高原雄鹰……

总之，从小到大我一直都喜欢观云。我欣赏云的千姿百态，我享受云的变幻万端。古往今来的文人骚客很多都咏叹过云，大都将云的变幻比喻作世事和人生，就像杜甫的《可叹诗》那样。最为人熟知的是一副前人的对联，曰"宠辱不惊，闲看庭前花开花落；去留无意，漫随天外云卷云舒"，将"云卷云舒"比拟作人生的"宠辱、去留"，故而引起不少人的共鸣，有人还将此奉为座右铭。然而，对此我依然不以为然，就像少时的我对杜甫的"白云苍狗"不以为然一样，因为这和我观云的感受大相径庭。在我看来，花开花落、云卷云舒都是极其美好的事情，给我们带来的是难得的喜悦和享受，怎么可以"闲看""漫随"，可以如此地故意轻视、如此地故作"无所谓"呢？况且，人生是多么的宝贵。人生只有一次，宠辱也好，去留也罢，本都是人生中不可或缺的内容和必然经历的过程，如果没有了这些，人生就会像蓝天没有了白云，白云没有了舒卷，那将会是多么的单调乏味、多么的可怕？人生，也许正是因为有了这些不可预测的起伏和变幻，才显得多姿多彩和珍贵无比，也才不至于虚度。对此，难道我们不应该倍加珍视和珍惜吗？所以，为什么不可以换个角度，让我们用欣赏的目光和更为积极的态度来看待和享受这云卷云舒的"白云苍狗"呢？……

后　记

　　这本小册子收集的几乎都是我退休以后写成的文字，只有《想念小D》《我心中的校训》两篇是退休前应同学聚会庆祝毕业三十周年所约而写，也不过早了两年而已。

　　退休，意味着老了，老了便爱回忆往事，这大概是人之常情；退休，也意味着闲起来了，闲了，便爱胡思乱想，这大概也是人之常情。所以，退休以后闲起来不久，一些陈谷子烂芝麻般的往年旧事便走马灯似的开始在脑海里轮番浮现。也许是心情使然，又也许是性情使然，回忆起的这些往事，往往是些趣事，而且越回忆越觉得有趣，即便是一些悲苦的事情，其中一些细节仍然让我感到有趣。这些回忆让我兴奋不已，甚而至于亢奋，往往好多天都平静不下来，不由得，便产生了将它们记录下来的冲动。于是，陆陆续续地便形成了这些文字。

记录，当然是忠实的，其中每一个人物，每一件事情，每一个情节，每一个细节，都是真实发生过的，都是我亲身经历过的。然而，在记录的过程中，兴之所至（有时仅仅是为了使之更为有趣），我不免用了一些删繁就简、移花接木，甚至是张冠李戴一类的"伎俩"。所以，这些文字又决不能看作是"回忆录"之类。

起初，我将写成的几篇用微信发给了几位同学老友，想让他们也分享我的快乐，得到的回复竟全是鼓励。有的说，是很有趣，有些味道，值得品读，值得写下去；还有的说，很有意义，很有价值，很多情节和细节都深深地烙着时代的印痕，时过境迁，更觉得弥足珍贵。后来，竟又受到山东文艺出版社朋友的青睐，说可以结集成册、出版发行。我由衷地感谢这些朋友……谢谢诸位！

图书在版编目（CIP）数据

白云苍狗/史遵衡著.—济南：山东文艺出版社，2022.3
ISBN 978-7-5329-6466-6

Ⅰ.①白… Ⅱ.①史… Ⅲ.①散文集—中国—当代 Ⅳ.①I267

中国版本图书馆 CIP 数据核字（2021）第 219843 号

白云苍狗
史遵衡 著

主管单位	山东出版传媒股份有限公司
出版发行	山东文艺出版社
社　　址	山东省济南市英雄山路 189 号
邮　　编	250002
网　　址	www.sdwypress.com

读者服务　0531-82098776（总编室）
　　　　　0531-82098775（市场营销部）
电子邮箱　sdwy@sdpress.com.cn

印　　刷	肥城新华印刷有限公司
开　　本	890 毫米×1240 毫米　1/32
印　　张	9　插页/2
字　　数	120 千
版　　次	2022 年 3 月第 1 版
印　　次	2022 年 3 月第 1 次印刷
书　　号	ISBN 978-7-5329-6466-6
定　　价	49.00 元

版权专有，侵权必究。如有图书质量问题，请与出版社联系调换。